镜像人

MIRROR PROJECT

之

末世如你

The dooms day

小托

著

北京联合出版公司

Beijing United Publishing Co.,Ltd.

图书在版编目（CIP）数据

镜像人之末世如你 / 小托著．—北京：北京联合出版公司，2016.11

ISBN 978-7-5502-8987-1

Ⅰ.①镜…　Ⅱ.①小…　Ⅲ.①短篇小说—小说集—中国—当代　Ⅳ.①I247.7

中国版本图书馆CIP数据核字（2016）第257756号

镜像人之末世如你

作　　者：小　托
责任编辑：龚　将　夏应鹏
封面设计：荆棘设计

北京联合出版公司出版
（北京市西城区德外大街83号楼9层　100088）
环球东方（北京）印务有限公司印制
全国新华书店经销
字数：142千字　140毫米×200毫米　1/32　印张：7
2016年11月第1版　2016年11月第1次印刷
ISBN 978-7-5502-8987-1
定价：32.00元

引子：末世

零下45摄氏度了，这里并非东北或者莫斯科，这里是一度四季分明、繁花似锦的北京。冰冷让它越发如一块海中的老礁石，无依无靠，摇摇欲坠。

这是2109年，“虫族战争”爆发的第二年，一切都没有好转的迹象。

有人说末世是从这时开始的，但更多的地球人明白，末世从“镜像计划”启动的那天就开始了。

2020年之后的地球污染严重、危机四伏，环境的变化导致生存危机，人类的健康堪忧，生育率逐渐降低，出生婴儿的健康率也在降低。科学家们为此开始研究解决方法，有的人提倡环保和改变环境，而另一部分人则着手于人类的基因优化，从而开启了一个叫作“镜像计划”的庞大工程。

镜像计划是在2025年启动的，是人类应对末世的策略之一。简单来讲，镜像计划就是再造再生的基因工程，优化人、改造人随着计划的启动而诞生，他们不是普通人类，也不是机器人，他们是被制造和组合出来的生物，像人却又不是人，想生活却又没有办法生活，他们像镜子里的幻象，所以被称为“镜像人”。

这个科技工程有着如此文艺又悲伤的命名，大概注定要去承担末世的一切吧。

镜像计划绵延近百年，每一代镜像人的制造和生存都备受质疑，但每一代都在地球上留下了自己的故事……

目录 CONTENTS

CHAPTER 1

李四瑞

公元2062年

I

“哈喽哈喽，你好啊。来吧，输入下你的目的地，我将竭诚为你服务，诚挚地为你规划线路，只需两块五毛钱。两块五毛钱你买不了吃亏，买不了上当，买的只是一颗真诚的心、一段美好完整的旅程，以及一个……”

梁晖“啪”的一声拍在这个圆鼓鼓的东西上，关掉了声音。

“这什么玩意儿？”

“GPS啊。新产品，特别买给你的。”梁光光一脸的理直气壮。

梁晖一般不跟自己妹妹计较，毕竟梁光光年纪还小，平时也很乖巧，但今天这事儿他百思不得其解，导致反应有点儿缓慢，“GPS？”他下意识地重复了一句。

眼前这个由三个圆球搭在一起，状如变异、缩小版大白的机器人，居然是个GPS？21世纪60年代了，地球科技发展到无所不能，但也昌明得如此无聊，有必要让一个汽车GPS这么奇怪吗？

“对呀，这是个新的GPS品种，是不是萌萌哒？”梁光光掏出遥控器，“我前几天在苹果升级店订的，你跑长途这么久了，也该订个合拍的GPS了，这是苹果新出的仿真人形GPS……”

“人形？！”梁晖惊愕了，“这明明是三个大土豆叠在一起，哪家的人形机器人是这样的！”

“喂喂！你可不要乱讲话！”GPS不高兴了，“你现在很难买到比我更英俊的机器人了。”

梁晖表示并不想和一个人工智能说话。他这个人格外老派，迷信老派的机械和发动机，拒绝一切网络社交和机器智能；可小妹梁光光却是这个时代的潮人典范，对于新型的科技产品，总是乐此不疲地买回家。

只是这次万万没想到，她买给了梁晖。

“哥，现在任何一种机械都是带人工智能的，这叫潮流，懂吗？这个GPS除了指导路线以外，还有人格设定和聊天功能，你走山路的时候，可以跟他聊天……”

梁晖望着梁光光，他酝酿了几秒，才说：“我说……你把我当成什么人了？安排我跟GPS聊天？”

梁光光心虚地笑笑，“怕你寂寞嘛。”

“谢谢，我不寂寞。”

“这个可是新款哦。你既然这么宅，不喜欢和姑娘聊天，那跟人工智能聊聊也好。”

“好吧。”梁晖无奈抚额说。他看了眼光光，妹子现在在高科技

IT部门工作。虽说科技真的在改变生活，但是梁晖是老派人，尽管他不想和趋势争辩，可偶尔也会冒出一点儿怀疑，他说："唉，和人工智能聊天，有点儿可悲啊。"

"觉得可悲，那就找个女朋友啊。"

梁晖瞥了梁光光一眼，她马上缩头，"我错了，那就……当我送你个礼物不好吗？心疼你嘛。"

梁晖心里想，心疼我给我买个盒饭啊，妹妹，我要开长途车，一路没东西吃呢。但是他忍住没有吐槽，毕竟梁光光工作也挺辛苦。"这比安排我相亲还糟啊。"梁晖最终吐出了这么一句。

"要不，安排你周末相亲？"梁光光顺坡下驴。

"下车吧，乖。"梁晖用一种压住所有无奈的口吻轻轻地说。

梁光光笑起来，"那我走了，路上小心。"

"嗯。"

梁光光下车时问了他一句，"这次开几天啊？"

"五天左右。"

"好。"梁光光点点头，顺手调整了下GPS的功能键，"哈喽，李四瑞，梁晖这次行程是五天，请你安排。"

"好的，没有问题，三分钟全部搞定，包我身上，一次性地，妥妥地。"GPS的声音听起来愉悦而阳光，充满了一种"快聊起来吧"的煽动感。

"哥，一路平安，别关GPS啊，就当是我陪着你了。"梁光光说。

梁晖嘘了口气，算了，何必和妹妹争呢，他看了看前方。

阳光不错，适合上路。

2

“前方五公里后准备右转，右转后就有加油站了。同学，你这车开到那儿得加个油，加油站不错，还有休息站和卫生间，需不需要在那儿补充下啊？如果你决定在那里补充，那我就重新调整下行程……”人工智能GPS，哦对，这个玩意儿也算个机器人，他在指路。

GPS每次讲话的时候，都会转动他土豆一样的头，看起来有些滑稽。

“为什么重新调整行程？”梁晖问。问完后他虎躯一震，居然还真和GPS聊天了！

“因为我给你安排的是在下下个休息站休息，如果换到这个休息站，时间就要重排。”

“那就还是在下下个休息站休息吧。”梁晖平静地说。

“可是这个休息站挺有特色的，有美女加油！”

“你喜欢美女？”

“你不喜欢吗？”

“还行吧。”

“哎！主人，你不喜欢妹子可不行啊。”

哎呀，改口还挺快，怎么就主人了？

梁晖觉得人形仿真GPS也透着一种任人唯亲的不靠谱感。他开了大概三个小时，这个GPS已经自我凌乱地改了五次行程了，每到一个路口，他都跟梁晖建议修改行程。梁晖一开始没搭理他，他就自说自话地讲着修改行程的好处和坏处，人文风景、车祸琐事都讲了个遍。

梁晖心想，这到底是从哪儿整的人工智能啊，赛过一般话痨，太能聊了。而且给司机这么大的信息量真的好吗？

但因为梁光光希望他别关，他也就一路听着。反正听GPS瞎白话总比听那些没意义的广播好，况且这个GPS还具有对话功能。

秉承跟GPS聊天太可悲的想法，梁晖一直没说话。大概是听了两个小时，他的头脑逐渐接受了这个设定，加上这厮话太密，梁晖没绷住，还真问出了问题，于是没两句话就拐到了基佬这个问题上。

“主人，问你呢，不喜欢妹子吗？”

梁晖说：“不是。”

“不要不好意思承认嘛。”GPS说，“现在医学昌明……”

“这跟医学昌明没关系吧。”

“哦，现在时代开放。”GPS迅速纠正；“哈哈，我刚出厂，很多词语配置不到位，多体谅呀。我不嫌弃你是基佬，你也别嫌弃我。”

梁晖直视前方，没忍住，把油门踩了下去。

“哎，主人，你超速了！这段公路限速每小时120公里，因为是事故多发区，不要变线，也不要超速。现在轻轻抬起你的右脚，把速度降下来，不要激动，不要冲动，人生很美好的，要想着你的家人。你懂的，不要为了一时的冲动而毁掉大好年华，司机一滴酒，家人十行泪啊。”

“我没喝酒。”

“嗯，你想喝酒吗？而且，你超速了。”

“这段也没说限速啊。”梁晖开这条路已经好几年了，根本没限速嘛！

“是呀，不过我觉得你开太快了，你好像有点儿烦躁。”

梁晖看了GPS一眼，“哎！”

“你吩咐，主人。”

“你能安静会儿吗？”

“这是什么要求？”GPS不解，“我的工作就是陪你聊天啊。”

“没事儿，我不闷，你安静会儿吧。”梁晖想了想，“你应该有这功能吧？”

“有的有的。”活泼的GPS马上反应，“你需要我安静多久啊，设定下吧，一分钟，五分钟，十分钟，可不要太久哟。”

梁晖把“五天”默默咽了回去，他觉得对科技还是要有所尊重，多少让GPS说说话呗，他想了想说：“那就半小时吧。”

“哦……”听起来GPS还有点儿悻悻，大概是觉得时间有点儿长，有点儿不开心，“在我安静之前，先给你出个谜语吧。”

“不用了吧。”

“多动脑子不会患上阿尔茨海默病，猜猜吧，五分钟肯定能猜到。”GPS说，“一个圆圆的东西，远远地跟着你，有时你知道它在哪儿，有时又不知道它在哪儿，但它一直都在你身边。猜吧，猜到了告诉我！”

梁晖无语。

GPS如约地安静了。

其实开车是一件很容易让人产生时间错觉的事情，尤其是在如此长的高速路上奔驰，像是开在一条无边无涯的时间线上，每分每秒都被甩在脑后，生活却毫无变化。

夕阳在公路的前方，像被碾压和击碎了一样，比停下来的时候更快地消失了。天色渐暗，一天就这样过去了。

梁晖有时候也觉得生活麻木。他做运输员好几年了，最擅长跑的就是长途，路远艰难，无聊又闷，但他不是个怕闷的人，有时候甚至觉得不需要对话的生活是恰到好处的。

梁光光比较担心他，大概觉得他与世隔绝吧！可是弄个会聊天的

GPS不是雪上加霜吗？一个三十好几还在做运输员的loser，和一个人工智能GPS聊天，生活并没有变得更好，而是更好笑了好吗？

算了，反正梁晖也不是很在乎，开同样的路太久了，他忘记了野心和愿望。

3

“哈喽！又见面了！”梁晖还沉浸在习惯性的安静中，被吓了一跳。

GPS说：“猜出答案了没？”

差点儿忘了这倒霉GPS，梁晖叹了口气，“什么？”

“刚才问你的谜语呀。”

人工智能还挺到位，居然还能记得谜语，记得沉默时间，有点儿意思。科技昌明，的确改变生活，梁晖想。

“没猜出来。”他说。

“智商不高啊，主人。”

“呵。”梁晖发出意味不明的声音，这让GPS很费解。他通过人类讯息辨认和发表反应，“呵”是啥呢，他一时没了反应，但也就沉默了三秒，便自顾自地说：“好啦，还是告诉你答案吧！”

“我并没有很想知道啊。”梁晖堵了回去。

GPS很沮丧，“你这个人脾气很怪啊。”

梁晖没说话。

车里又安静了几秒，GPS循循善诱，“你真的不想知道吗？你对生活的好奇心呢，小晖晖？”

小晖晖？好久没有人这么叫他了。他不小，个性也有点儿冷酷，一点儿也不适合这个萌萌哒的名字。但过去，熟识的朋友会这么叫他，好像这么叫了就显得彼此很熟悉。

“而且这个谜语多简单，你居然猜不出来，也没有求知欲，一路这么闷，猜猜谜语你可以不睡觉呀，你说你好歹也……”

“那我猜一下吧。”梁晖换了个挡位，把速度降下来，毕竟天色渐晚了。

“耶！”

“谜题是啥来着？”

“猪脑子啊，连谜题都记不住！再问一遍哈，一个圆圆的东西，远远地跟着你，有时你知道它在哪儿，有时又不知道它在哪儿，但它一直都在你身边。”

梁晖想了想，“鸡蛋。”

“鸡蛋！”GPS愤怒了，“鸡蛋能跟着你吗？！”

“也是，鸡蛋也不是圆的。”梁晖笑了笑，不知为何，他觉得他的GPS翻了白眼，他又继续猜，“土豆吧，像你一样。”

“土什么大头豆啊！我也算是机器人中的帅哥好吗？”GPS说，“再说，土豆也不是圆的啊。”

“土豆有时候是圆的啊。”梁晖说。

“你能不考虑那种特殊情况吗？！”GPS听起来有点儿气急败坏，怒其不争。梁晖咧嘴笑了笑。

“蛋糕。”梁晖说。

“不是呀，蛋糕也不总是圆的呀！你这个人，真的，我再给你点儿提示吧，这个东西……”

“饼干。”梁晖自顾自地说。

“错！”GPS的声音听起来有点儿尖锐，“咱能往靠谱点儿的方向猜吗？能带着智商来完成猜谜吗？小晖晖，你是不是脑子秀逗了，开车开得太久果然会变傻呢。”

“你怎么知道我开车很久了？”

“我们上工前，都会先设置司机的资料呀，我现在可以说是世界上最了解你的GPS了。”

“哦？这么棒！”梁晖吹捧了一句。

“那必须。”

“你说说看，对我有多了解。”

GPS的智商好像也不是很高，被轻而易举地带离了谜语的话题。他开始兴致勃勃地八卦梁晖，“梁晖，男。曾用名，无。32岁。18岁成为职业赛车手，曾是最好的赛车手之一，叱咤赛车场五六七八年……”

“到底是几年啊？”梁晖忍不住逗他，科技真是神奇。

“总之你是六年前退役的。”GPS好像还想了下，“那大概就是八九十年喽。咦？你第一次参加比赛就是总冠军欸，好吧，你是个牛人。”

梁晖看着前方的路，天色已经暗了下去，路灯星星点点地亮起来，像是用光亮铺开了这条路。

很久没提起曾经的赛车生活了！当年刚入行的时候，一度以为赛车手会是一生一世的职业，后来想想，世上没什么大事用得着“一生一世”这种词。

“你为什么退役呢？”GPS自问自答，“当年涉嫌违规改装赛车，造成重大伤亡事故，被取消比赛资格三年。停赛过程中你和俱乐部关系不佳，不配合调查，最终宣布退役。当然，基本上也没有人认为你还能回到赛车场了。你说就算不退役，你还能回去吗？”

“哦。”梁晖说。

“‘哦’是什么？”

“随便哦一下。”梁晖说。

气氛有点儿尴尬，似乎能敏感地察觉到，GPS咳嗽了两声。咳嗽的声效明显是从一些声效素材里截出来的，非常深沉，跟他平时的配音不太一样。这个GPS的声音异常轻快，充满少年气。一般在设计

GPS时都会考虑司机在长途中的烦躁和疲态，所以使用的声音都很清亮和提神。

GPS说："好啦好啦，好汉不提当年勇，不聊这个了吧。"

"厂家设置时会把司机的隐私录入GPS中吗？"说着不聊，梁晖却又提出了个问题。

"隐私？"GPS似乎没有考虑过这种问题，他稍微反应了片刻，大概是在查找库存，继而说，"你的赛车生涯完全不是隐私好吧？只要搜索这些年的新闻就可以知道了呀。"

梁晖心想，我做赛车手这些年从来不接受任何采访，也不出席任何公开活动，怎么能凭借新闻给我做个人资料呢？想到这里，他在心里默默讪笑了两声，有点儿无奈，说是低调，但一举一动都在大众眼皮底下。又或者说，他觉得这十来年发生了很多事，但仔细想想，也的确如GPS所说，三两句话就讲完了。是啊，一个貌似天才、如今过气的赛车手，就这么简单。

"哎哎，我们聊点儿别的吧。"GPS好心地说，"你带没带吃的呀？"

"怎么？你饿了吗？"

"有点儿。"

梁晖无语了，"你不是GPS吗，为什么会饿？"

"你看不起GPS吗？我们是人工智能呀，人工智能要像人一样有喜怒哀乐、吃喝拉撒睡。”GPS理直气壮地说。

“那你想吃啥？”

“比萨！”

“只有榨菜，吃吗？”梁晖用右手摸了下副驾驶座前的抽屉。

“没礼貌！你放在车里的榨菜已经一个多月了吧，是人吃的？”

“人工智能可以吃啊。”

“梁晖，怪不得你没有女朋友！唉，算了算了，我们停车去最近的旅店吃饭休息吧。”GPS说。

梁晖笑了一声，他瞥见GPS圆圆的“土豆”上亮起了一块屏幕，上面是“饿了，求吃饭！累了，去加油站！困了，去睡觉！”的提示。

他忽然意识到自己已经在不知不觉间连续驾车五个小时以上了，按照计划也应该去附近的旅店休息了。人工智能还真的蛮有趣的，像人一样提醒他。

于是他按了一下“饿了，求吃饭！”的按钮。

GPS的屏幕上立刻闪现了一堆“附近美食”，当然没有比萨，都是公路旁的小饭馆，甚少有评分的。

梁晖又按了下“累了，去加油站！”的按钮。

GPS说：“主人，附近没有加油站。刚才提醒过你了，要在休息站点加油，而且你的油还够用，不要乱按功能选项。”

梁晖汗，他又按了一下“困了，去睡觉！”的按钮。

GPS高喊："还早啊，你不要现在就关闭我睡觉啊，再聊两块五毛钱的，再聊两块五毛钱嘛！"

原来这个按钮是关闭GPS的啊，梁晖简直想问问设计者到底几岁了。好在他已经开进了最近的一家熟悉的旅社，伴随着"再聊会儿"的请求，GPS慢慢关闭了，梁晖也顺利停车入位。

停车完毕，梁晖才意识到他的脑袋被吵得嗡嗡作响，和人聊天果然是世界上最耗费体力的事情。梁光光买了这个GPS给他，真的不怕他出车祸吗？

梁晖嘘了口气，他没忍住，凑过去看了下坐在副驾驶座上的圆鼓鼓的人工智能GPS。完全关闭后，他就像普通的机器人一样，黯然地待着，不亮不响，没有半分生气。回想今天的长途车程，这个GPS的土豆脑袋一直转来转去，像个刚刚认识的朋友，叽叽咕咕，话又密又多。

梁晖为自己这个莫名的呆滞打了个寒战，并迅速地下了车。

每一次开这段路，他都会在这家旅社下榻，甚至连房间都是差不多的，时间也刚刚好。他要了一包面、一包榨菜和一根香肠，坐在旅社外的小桌子旁慢慢吃着晚饭。春夏之交是最舒服的，晚风徐徐吹来，像心底里荡着秋千。

他呼噜呼噜地吃着泡面，看着旅社外七七八八泊着的车、远远的路灯和远方无边无涯的天与云。光影孤单的夜晚，发动机和车轮驶过的声音轮番碾压，却感觉很安静。

他想起年轻的时候，那会儿还没到2050年，污染早已严重，科技却急速发展，催生了很多新兴的职业，超级赛车手和车辆运输员都是在那个时候涌现出来的。

大气层的严重破坏、海洋生物的变异，导致地球上的交通工具锐减，飞机无法顺利升空，轮船无法顺畅行驶；地震和核爆导致的地表变化，使得铁轨也无法顺利搭建。

就像经济没落总会刺激娱乐业的发展一样，其他交通工具的衰落也刺激了汽车业的发展。汽车成了人们最主要、最常规的交通工具，各式各样的自动化汽车被研制出来。

尽管汽车可以自动驾驶，但司机数量依然供不应求，而职业赛车则成了2040—2050年这十年间最红的运动。

梁晖，一度被认为是这十年里最好的赛车手之一。他最好的搭档，周晓杰，也被媒体称为“世纪天才赛车手”。

而这一切，已经成为过去。

4

在梁晖的人生中，有三个重要的人：周晓杰、钱多多和梁光光。

梁光光是妹妹，他刻在脑门儿上的大写的疼爱；而周晓杰和钱多多则是一辈子的哥们儿，是亲人一般的兄弟。

他们认识的时候，都不满20岁，刚刚学会开车，没想过能成为最好的职业赛车手，更没想到今后会变成送快递的，他们只是无所事事地度过青春。

周晓杰是个“富二代”，车开得不错，经常带着他们游车河，一游就是几天几夜。他们俩带着年纪不大的梁光光和只会缩在后车座打电玩的钱多多，从这条公路穿过去，乐此不疲地开着夜路。晚上梁晖和周晓杰交替开车，从不停下来休息。天空有时是蓝色，有时是紫色，有时候甚至是白色的。

两个人都想成为赛车手，梁晖攒够一点儿钱就去做零件改装，一辆车被改了七八回，没有GPS提醒超速问题，也没有人怕死。梁晖踩离合器的速度总是快过周晓杰，提速也比他快，开这段路的用时总能赢过他。

“哎，梁晖你有一手啊，就不能让我赢一次吗？”周晓杰经常貌似愤怒，但永远是笑嘻嘻的。

是啊，周晓杰永远笑嘻嘻的，至少在梁晖的记忆里，周晓杰一直都是笑脸。

“那这会儿我开慢点儿。”等到梁光光和钱多多睡着了，梁晖会放慢车速，像用下坡的动力自然地穿过蓝紫色或白色的天空。

他记得周晓杰把手伸出车窗，仿佛要抓住窗外的风和光，两个人不明所以地觉得生活那么自在，那么有依有靠。

一不留神，这么多年过去了。

此时此刻，梁晖坐在小店铺前吃完了方便面。他看着这熟悉的路和光，低头讪笑了一下。

他扔掉垃圾，准备回房，却又想到什么。他回到车上，发动了车，并打开了GPS。

“哈喽哈喽！主人，新的旅程开始了吗？我觉得……”

“还没开始。”梁晖说。

“啊，是哟。现在接近午夜，小晖晖，建议你别开夜路呀。我为你制定的行程完全可以在五天内抵达目的地，何苦开夜路呢，你看你都一把年纪了……”

“是月亮。”

“啥？”

“我说你的谜题，是月亮。一个圆圆的东西，远远地跟着你，有时你知道它在哪儿，有时又不知道它在哪儿，但它永远都在你身边。”

“吃了点儿东西，果然智商提高了，小晖晖。答对了，就是月亮！”GPS还挺替他高兴，有双手的话，他就要鼓掌了。

梁晖坐在车里，透过前车窗能看到一轮很圆很亮的月亮，笼罩下来的是白色的光，恍惚中像是把黑色的天染成了白色。

GPS开始叽叽咕咕地解释为什么这个谜语的答案是月亮，“因为月亮就远远跟着你呀，晚上你知道它在哪儿，但白天你就不知道它哪儿去了，它就是圆圆的哟，有时候虽然不是圆的，但实际就是圆的呀！月亮很亮吧，顺着公路开感觉能开到月亮里呢，而且月亮是永恒的，虽然白天你看不到它，但实际上它一直都在呢……”

GPS停不下来的话，让梁晖萌生了一点点愉悦的疲倦感。

过了好一会儿，他忽然打断了GPS，“你叫什么名字？”

“呀？”

“出厂的时候应该设置过名字吧？”梁晖问。

“啊！终于等到你问了！”GPS说，“告诉你，我叫李四瑞，英文名是Siri！”

5

“你是真的人工智能吗？”

“喂喂，你这是什么意思，人与人之间最基本的信任呢？”

“什么人与人？人工智能又不是人。”梁晖笑笑。

此时，GPS好像因系统故障发出了一阵杂音，突如其来地，吓得梁晖虎躯一震。他忍不住降了降车速，去按GPS上调节音量的按钮。

李四瑞说：“这是我生气的声音！”

梁晖看了“它”，哦不，是他一眼，李四瑞被放在方向盘右侧，只有一个土豆头露在外面摇晃。天线露出来了，好像在伸张正义，表达不满。

“你为什么生气？”梁晖说，“我说错话了？”

“对呀。”李四瑞说，“你知不知道，对一个人工智能说他不是人，就跟对一个男人说他不行一样残忍。”

“人工智能的自尊心也真是强……”梁晖再次为李四瑞的表达能力折服，“不过……”

李四瑞又发出了杂音，这次梁晖听明白了，他在表达“哼，我不听，我不听，我不听”。

人工智能耍起脾气来令人无奈，那句“你咋不上天呢”被梁晖塞回了嘴里。

“好吧。”梁晖说，“我道歉，毕竟我是第一次使用人工智能，不懂规矩的地方，还请大哥你见谅。”

这是他和李四瑞相处的第四天，梁晖自己都难以想象，他竟然开着这个聒噪的、无用的、说起话怪怪的、长得像三个土豆的GPS，行驶了三天零四个小时，且还越发习惯。要知道，梁晖近几年的孤独工作与生活，造就了他十天都懒得说一句话的“恶习”。他一度觉得，沟通是人类之间最无效率的行为。

但李四瑞不一样，他是人工智能，是个可以把秘密和沟通闭环处理、永不外泄的机器人，梁晖觉得和他聊聊似乎也未尝不可。可是，这几天里，李四瑞持续不靠谱着，从未展现他作为一个定位GPS的优越性。他显示的路线永远都是错误的，在梁晖坚持走阳关大道的时候，不停建议着走偏僻小路，美其名曰带小晖晖见见错过的风景。

“我是在工作，不是来看风景的。”在被他的语音几经纠缠后，梁晖忍无可忍地说。

“哎，你真的很无聊啊，生活不能只有工作啊。”

梁晖的生活里确实只有工作，每三到五天开一次长途，拉着不明的东西开往远方。做这行久了，慢慢也就喜欢开同一条线路了，也许每次运送的物品有所不同，但说到底也与他无关。

李四瑞悻悻地表示，自己当GPS之初的理想就是走遍世界各地的角落，谁承想到跟着梁晖，只能在高速公路上一条路走到黑，“不想看看没看过的风景，怎么好意思做赛车手呢？”

这句话让梁晖莫名地有些恍惚，他想起了很久没有想起的人。

他开着车继续行驶在公路上，天气远不如昨天，雾蒙蒙的，似乎在酝酿着一场大雨。

6

二十多年前，赛车业刚刚兴起，年轻人竞相追逐，夜间的街头赛车频繁，梁晖经常去围观。

那会儿他是个“屌丝”，穷得经常只能吃泡面，但跟现在比起来，那时的他是个年轻的“屌丝”，有迈向人生巅峰的机会。

那天晚上，他注意到了周晓杰。倒不是因为周晓杰长得特别帅，而是因为周晓杰开着一辆巨拉风的改装车，从发动机的声音和非常精致的喷漆来看，价格不菲。周晓杰的驾车方式很特别，冲动得不顾一切，加速也非常骇人。

可惜，他还是连输了几场。

参加街头赛车的都是老手，18岁的周晓杰显得过分年轻，经验值欠缺。由于在拐弯处的加速不稳，总是错失追赶前车的良机。

“今晚就是他了。”梁晖对陪他来到现场的“好基友”钱多多说。

“哇，不是吧，这个有点儿年轻啊，”钱多多扶了扶眼镜，“会是有钱人吗？”

梁晖点了根烟，“你看下他的发动机，可以在西山买别墅了。”

钱多多是梁晖当时的室友，两个人误打误撞租住了同一间地下室，建立了一起吃泡面、共同买榨菜的革命友谊，在友谊之外延伸出了关于赛车的志向。

18岁那年的每个晚上，梁晖和钱多多都会来到这个赛车街区。来自各地的飙车族，有些专业，有些业余，有些疯狂，有些是赌徒，但每个人身上都写满了机会。梁晖和钱多多是来找机会的，有时候是修车的机会，有时候是替赛的机会，或许也有签约车队的机会。

那天晚上，他们看中的是周晓杰的资金实力，毕竟能买得起如此靓车的年轻人，在当时的本城是很难得的。

“Hi！你好！”在周晓杰完成了一场飙速赛后，梁晖靠到了他的车边。

对方正在懊恼又输了一局，看起来心情欠佳，他看了梁晖一眼，说：“你好。”

“我帮你比一场吧。”梁晖直截了当地说。

“什么？”

“你已经输了五场了，不如休息回回手气，我帮你比一场。”梁晖说。

周晓杰上下打量着他，反应了好一会儿，说：“你哪位啊，搭讪得也太突然了吧？你从哪儿看出我需要你帮我比一场？输了五场也不意味着我会继续输下去！”他声音清亮，不可一世。

梁晖讪笑了下，“我不是这个意思。”他斟酌了下措辞，“其实我每天晚上都在这边转，你知道，如果一天晚上输光，明天他们未必会让你再上场。我不是说你技术不行，不过赛车就像打麻将，有手气好坏这种事。你让我帮你试一场，赢了我只收一半的钱，怎么样？”

“输了呢？”

“我不会输的。”

周晓杰惊了一秒，“你口气有点儿大。”

“我帮你比一场，你就知道我口气并不大。”

结果呢，梁晖用几脚离合和加速征服了这场街道赛。他只有18岁，但驾车水平早已达到专业水准，可惜生为“屌丝”，没什么进专业队的机会。那天，梁晖只是想从看起来很有钱的周晓杰那里赚点儿小钱，不承想却因为这场比赛交了个朋友；也因为认识了周晓杰，他明确了一件很重要的事情——开车是一生的梦想。

周晓杰是个嗜车如命的“富二代”，家境好，长得帅，在这样的青春年华本该去撩妹泡妞，但赛车占据了他生活的全部。梁晖帮他赢了一场比赛后，周晓杰就天天来找他，开始是请他喝酒，聊天侃地，说改装车；之后就演变成与梁晖组队参加街头赛，他甚至还颇为土豪地为梁晖量身定制了一辆车。

这一度让梁晖和钱多多没底，毕竟“屌丝”和“高富帅”是无法走在同一条路上的。二人在地下出租屋吃着泡面，惴惴不安地讨论周晓杰的目的。

“我看出来了……”钱多多沉吟半晌说，“他是想包养你。”

“包养我干吗？”梁晖无奈，“难不成找我给他当司机？”

“仰慕你的才华啊，老大。”钱多多说，“你毕竟是当下最年轻、最好的赛车手。”

“你评选的吗？”

“我可是很权威的。”钱多多说，“要找比我更熟悉赛车的汽修工程师可真的不好找了。”

吃着泡面的年华是最好的年华。吹着牛的梁晖和钱多多对前程一无所知，他们只知道，周晓杰是个不错的金主和朋友，在街头赛车场是不错的搭档。

没过多久，周晓杰也搬进了这间地下出租屋。

在搬进来之前的几周，周晓杰曾邀请梁晖和钱多多来自己的汽修工作室或公寓住，但被梁晖一口拒绝了。当时大家喝着酒，唱着歌，吃着火锅，气氛愉快。周晓杰自然而然地提起，他在城郊有汽修工作室，同时还兼有LOFT公寓，觉得梁晖和钱多多在地下出租屋怪辛苦的，不如搬过来一起住，不收房租，管吃管喝也管车。

钱多多塞着一口面，那句“好呀好呀”还没说出口，就被梁晖打断了。

梁晖说：“我们住得好好的，干吗要搬去城郊？”

周晓杰殷切地表示，“因为我们住到一起会更开心啊，而且节省了你们的房租。你手头又不宽裕，还经常要买汽车配件，我这是同时解决了你们的精神和温饱问题呀。”

“呵。”梁晖看了看手中的面说，“不用了。”

“为什么？”

“不为什么。”梁晖说。在周晓杰看来，梁晖总是无来由地对世界很冷淡，甚至有些不耐烦。

钱多多看不过去了，“哎，我说老梁。”

梁晖及时补充了一句，“我不会搬，老钱也不会。”

钱多多说：“这……你干吗替我决定……”梁晖扭头看了他一眼——面无表情的一眼，钱多多赶紧默默低头吃面。

“为什么呢？”周晓杰说，“你这是自尊吗？哎，都是兄弟，搞这些没用的自尊干吗呢？你替我赢比赛、帮我改装车就算是房租了，何必在乎这点儿虚的东西。”

梁晖没有回答他，只是给他倒满了啤酒，“这事儿别聊了，喝酒吃饭。”

周晓杰还是不理解，他又追问了几句，但被梁晖摆摆手糊弄过去了。

梁晖那个时候还不打算让赛车、开车成为自己最主要的职业，在他看来，高速驾驶汽车确实开心，但这似乎是一个高危的、不靠谱的、没有保障的职业，而他肩负的是整个家庭的责任。

15岁那年，梁晖父母双亡，他带着妹妹梁光光独自来到这座城市。比起家乡，这座城市繁华熙攘，机会众多，他可以打工赚钱，住地下室；妹妹可以上学读书，快乐成长。三年多的时间里，他没有征服这座城市，却也没被这座城市征服。在这座充满高科技的都市里，梁晖靠打工和街头赛养活了自己和妹妹。

“在梁光光上高中前，我不想在赛车这件事上太过投入。”梁晖对周晓杰说。

火锅吃到深夜，钱多多睡成猪，梁晖送周晓杰出门。两个人走在暗夜街头，头顶是人造的星空和楼宇的灯光，周晓杰再次问起梁晖不愿搬家的原因，梁晖是这样解释的，“我们现在住的地方，梁光光上学方便点儿。”

“哦。”周晓杰沉默了几秒，才安静地“哦”了一声，像是理解，又像不理解。

他怎么会理解呢？周晓杰可是标准的城里人、“富二代”，他无须承担任何责任和压力，可以任意选择生活方式。

两个人沉默地走到了街口，周晓杰的靓车突兀地停在这里。梁晖摆摆手刚要告别，周晓杰却忽然说：“哎，你叫你妹妹怎么都连名带姓的，一点儿都不亲热啊？”

梁晖怎么也想不到，周晓杰思考了半天，只为说这句话。他看着周晓杰半晌无言。

“你这个人真的很冷淡。”周晓杰又补了一刀。

“父母起的名字，本来就该连名带姓地叫。”梁晖说。

“亲近的人之间都是叫昵称的，梁晖你不懂爱啊。”周晓杰笑着说，“这样吧，我以后叫你小晖晖，让你也习惯一下，好友亲人之间都是怎么互相称呼的。”

“你有事没事？没事赶紧回家吧。”梁晖冲他摆摆手。

“哈哈。”周晓杰笑着说，“不过小晖晖，你是个好人。”

几周后的某天晚上，周晓杰突兀地拎着行李来到梁晖和钱多多的出租屋，要求入伙，他说："既然你们不肯让我收留，那只好让你们来收留我了。"

周晓杰笑起来心无旁骛，梁晖有一种错觉，好像周晓杰能照亮这间出租屋。

这些事情，转眼过去十多年了。

梁晖也很久没有想起周晓杰了，周晓杰去世五六年了吧？关于他的记忆，他带来的各种生活习惯和对话方式，已经离梁晖越来越远了。

7

"你这个人真的很冷淡！"李四瑞忽然呵斥了梁晖一句。

"又怎么了？"梁晖说。

"我刚刚明明都生气了，"李四瑞说，"你怎么都不道歉呢？"

"哎，你只是个GPS，要不要这么娇嗔啊？"

"娇嗔？"李四瑞重复了一句，"待我查一查这个词的意思……哎哟，你居然用这么可爱的辞藻形容我。你也是萌萌哒，小晖晖。"

"够了。"梁晖说，"以后别再叫我小晖晖了。"

"哦……为什么？"

梁晖想了想说："以前有朋友也是这么叫我的……当时我就觉得挺恶心的。"

"谁这么英明神武，和我有异曲同工之妙呀！"

"你能不能别乱用成语！"梁晖翻了个白眼，"'异曲同工'是这么用的吗？人工智能的文化内涵到底体现在哪里？"

"你每天的负能量都好足，小晖晖。"李四瑞说，"还能不能与我愉快地聊天了？"

"你愉快就好。"梁晖说。

李四瑞开始叽叽咕咕地给梁晖讲一堆他在网络上看到的笑话，都是几十年前的老土小品和相声梗。梁晖借此休息了一下，没有再跟李四瑞聊下去。

周晓杰就很喜欢听相声，这是个古朴的爱好。2030年后，相声这个娱乐项目虽然没失传，但似乎也不是那么流行了。现在流传的都是20世纪初的那些段子，什么"海带怎么成的精""陕西吃饭大学"，等等。说实话，梁晖都没听过。就算听过，也不像周晓杰那么钟爱，每一次听都开心得大笑三十秒，不断气。

"说起来，李四瑞。"梁晖忽然问他。

李四瑞的机器生涯里第一次遭遇梁晖主动提问，顿时激动了，居然还卡了下壳。他赶紧把正在放的原版相声关了，开心地说："你说你说，你快说小晖晖。"

“你还记得你刚才为什么生气吗？”

“啊？生气？不记得了。”李四瑞倒是很坦诚，“让我倒带重看下。啊，想起来了……梁晖，你刚才说我不是人，所以我生气了。”

“想起来了？”

“嗯！”

“你先别忙着出怪声。”梁晖及时阻止李四瑞发出各种噪音，“你为什么会觉得你自己是个人呢？你出厂的时候不就知道自己是个装在车上的GPS吗？”

“虽然……”

“况且，你的整体造型设计还是以三个土豆堆在一起为主的。”梁晖继续补刀，“如果是个人，好歹也该给你设计鼻子、眼睛和嘴巴吧？”

“喂喂喂！梁晖！”李四瑞怒了，他的土豆头转了三圈，“人和其他东西的区别不在于外形，人是有灵魂、有梦想的！！！”

“呃……那你的梦想是？”

“我的梦想就是做世界上导航最精准的GPS！！！”李四瑞高声说，他的土豆头持续高昂。

梁晖已经默默地把车开进了今天的休息站，这也是他习惯下榻的小旅社，干净清新，坐落在一条小路旁。

“祝你早日实现梦想。”梁晖准备熄火下车。

“哎，不知不觉都到站了。”李四瑞开始计算时间和油量，计算了会儿说，“唉，算了，总之够用。主人，你好好休息，明天见。”

怎么每天下车时都乖乖的呢？梁晖居然有点儿不舍得关掉李四瑞，毕竟这几天来，他都是在李四瑞的声音陪伴下度过的，好像漫长的旅途上，他们只有彼此。关掉的那一瞬间，梁晖知道，这世界上又只剩下他一个人了。

8

梁晖和周晓杰在20岁那年，组队加入了一家三线的汽车俱乐部。

他们都是不错的车手，在团体赛上还能打打配合。进入2050年，赛车的收视率和商业价值都很高，有不少公司组建了自己的汽车俱乐部，期望赶上流行趋势。

和周晓杰组队后，梁晖才正式规划了自己的职业生涯。在此之前，他白天去超市打工，傍晚去送外卖，他总觉得赛车是“富二代”做的事情，而自己只是这项职业的边缘人员。

周末的时候，他常常跟着周晓杰驾车到几百公里之外，一路听周晓杰讲雄心壮志。梁晖不以为然，“我跟你不一样。”梁晖说。

“怎么不一样了？”周晓杰说。

“你错了还能重来，而我不能选错，我有很多责任，梁光光还指着我呢。”

“你把我说得很没有责任感啊。”

梁晖看着前方，面无表情，他想了想，“那好吧，你的责任没那么迫切。”

“我也很迫切好吗？”周晓杰说，“我爸让我出国念书，我妈也希望我不要总是鼓捣车，他们还总是担心我的身体……”周晓杰说到这里迟疑了下，好像犹豫要和梁晖说什么。他确实经常发烧感冒，家里人认为他不适合赛车这种高强度运动。

梁晖想，在周晓杰活着的时候，自己应该多关心下他的身体。不过周晓杰长得一副不需要人关心的样子，所以当时也就没有顺着这个话题继续了。

周晓杰说：“我爸妈希望我认真做一项事业，能够靠谱地生活。其实人人都有固有的责任要去承担，但梦想和责任是两回事啊。”

“哦。”

“责任是你需要履行的义务，为了能让你实现梦想时更加心无旁骛。”

“你的心灵鸡汤煮得相当到位。”梁晖说。

“嘿嘿。”周晓杰对他的话从来不以为意。刚开始时，梁晖觉得周晓杰就是个不可一世的“富二代”，接触下来却发现他是个好脾气的人，他似乎是被专门派来吸收梁晖的负能量的。

跟周晓杰住在出租屋、半夜去赛车的那两年，梁晖觉得生活不仅充实，甚至很踏实。他加入赛车队后，心里横平竖直地写满了责任和梦想。钱多多也顺道加入了三线俱乐部，当了一名汽修师，他是那家俱乐部唯一的汽修师，说到底还是因为身价便宜。

而梁晖的身价在几年间涨了数倍，从三线赛车手到一代风云人物，也就用了两三年的时间。赛车是个年轻化的职业，考验的是冲击力和才华。梁晖在驾车方面的天赋很快就显现出来，他三下五除二地杀进终极赛道，迅速名扬四方。技术和技巧没有那么炫目的周晓杰，也稳扎稳打地走上了职业巅峰。

青春真的是比一秒钟还快的时间！很奇妙的是，随着年纪的增长，梁晖对荣耀加身的感觉逐渐模糊，至今依然留在身体里的回忆，是那种被爱、被朋友和亲人包围着的、从不孤独的安全感。

9

李四瑞被开机了，他的土豆头转了三圈，灯亮了。

“小晖晖，早啊！”

“现在还是晚上。”

“啊？”李四瑞转动土豆脑袋四下看了下，“呃，这是哪里？”

“我的床上。”

李四瑞闪动灯光，表示无语。这是他第一次坐在人类的床上，圆滚滚的身体似乎无法保持平衡，“天啊，我为什么会在你的床上？我是个GPS，我应该坐在车里的。”他在梁晖的床上滚了三圈，失去了平衡，陷入软垫子里了。

“我把你从车里拿出来了。”

“你想对我做什么？”李四瑞警惕地说。

“我想和你聊下……”

“有什么话不能在车里聊？白天的时候你不聊，干吗大晚上把我弄到床上来聊？我还只是个宝宝！”李四瑞打断他，又变了一种声音，表达着莫名的抗议。

梁晖内心忍不住地翻白眼。

李四瑞叽叽喳喳的，他翻出了各式各样的网络热词，批判梁晖无缘无故把他从车里请出来的行为，“要知道我们GPS的骄傲就是不离岗位呢。”

“你的戏份儿未免也太多了吧！你的口气为什么总是那么像周晓杰？”脱口而出的问题差点儿噎着自己。在这个脱口而出的瞬间，梁晖突然意识到，自己对这个GPS有莫名的、奇怪的错觉——他一直觉得李四瑞的说话方式和老友周晓杰很像。

吐槽他个性差、喜欢听老派的相声、总是不着四六、脾气却很好……梁晖一直无法接受人工智能有性格这件事，更不能接受GPS有个性设置，但相处了四五天后，他脑子里的某根弦在此时此刻被搭上了，李四瑞确实有点儿像周晓杰。

“你说我像啥？”李四瑞说，“你又给我起了个小亲亲的外号吗？”

梁晖说：“李四瑞，你不觉得作为一个GPS，你真的有点儿太贫了吗？”

“我很幽默，你嫉妒吗？”

“我刚才觉得你说话的口气很像周晓杰。”

“啊？”

“你知道周晓杰是谁吗？”

“唔。”李四瑞土豆头上的信号灯亮了三下，应该是在搜索。过了几秒，他说，“我不知道。”

梁晖看着他，“土豆头”也昂然无惧地望着他。

“那你知道钱多多是谁吗？”

“我知道！”这次李四瑞毫不犹豫，“钱多多是你的‘好基友’，以前的室友。他是个眼镜宅男，理科生，成绩好，学汽车工程，从十几岁开始就做修车工，是你职业生涯里很重要的汽配师、好兄弟。”

“后来呢？”

“后来，你退役去做了快递员，钱多多就去IT工作室修电脑了。”李四瑞很老实地亮起第二个土豆上的屏幕，“我的卫星定位显示，钱多多现在还在公司加班呢，白领和快递员都好辛苦呢！”

梁晖似乎对钱多多在干吗没什么兴趣，他又继续问：“那你认识梁光光吗？”

“哎呀，梁光光我哪能不知道呀，她是你妹妹呀。我说小晖晖，你说你干吗叫自己妹妹也这么连名带姓的，太见外。”

梁晖看着他，上上下下地看了几秒，忽然凑过去把他拿了起来，晃悠了几下，动作太突然，晃得李四瑞发出了警报的声音，“你干什么，梁晖！我可没有钱！我的电路板很脆弱的，你快把我放下来。”

研究了下李四瑞的出厂编号和型号后，梁晖把他放回到床上。李四瑞迅速跑到床头，离梁晖远远的，周身还亮起了红灯。

“梁晖，你到底想干吗？”李四瑞觉得自己遭遇了机器生涯的首次危机，“你要是再无缘无故攻击我，就别怪我拿出终极武器了。”

梁晖本来掏出了根烟，想跟李四瑞说些什么，听到这句，反倒又好奇了起来，“终极武器？难不成还有什么大招吗？”他扬了下下巴，示意李四瑞，“给我看看你的终极武器。”

李四瑞红灯警报，梁晖向他走近了几步。

李四瑞的第二个土豆右侧伸出了一堆小型器械：指甲刀、修甲刀、牙签和小刀。看得出来是当年瑞士军刀的牌子，李四瑞气势汹汹地把它们亮了出来。

梁晖安静了一会儿，“你这个机器人，是周晓杰留下来搞笑的吗？”

“周晓杰到底谁啊？！”李四瑞说，他又往后缩了缩，“你别过来攻击我哟，大家百年修得同车坐，男人何苦为难机器人呢？我帮你指了四天路，没想到你忘恩负义，想谋财害命！我对你很失望，梁晖。”

“你到底从哪儿存了这么多不靠谱的词啊？”

李四瑞愤愤地又亮出一件武器，土豆的左侧伸出了一个打火机，也是古老的品牌：Zippo。他“啪”地点亮打火机，“再过来就烧了你的床单。”

小机器人的威胁一点儿作用也没有，梁晖像是早就知道他要干吗，不为所动地凑过去，用李四瑞手上的打火机点燃了自己的烟。

“唔……”李四瑞看了看手上的打火机。

梁晖则已经躺到旁边的床上了，默默地吞云吐雾。他吐了一会儿，整个房间开始烟雾缭绕，而他的眼神像是望穿了天花板，望到不知名的远方了。

李四瑞则举着指甲刀和打火机，被晾在了一边，机身闪烁了几秒，像是有些尴尬。

“哎，梁晖，你怎么不攻击我了？”

梁晖思考了一会儿。李四瑞以为他又自闭去了，于是收起了自己的“武器”，悻悻地立在床头。梁晖忽然说话了。

他说：“你是周晓杰吗？”

10

钱多多埋头修理电脑，头都抬不起来了。

进入2060年后，环境污染更为严重，地球告急，人们的户外运动和旅游娱乐越发减少，对于电脑、网络的需求增多，IT工程师也愈发忙碌起来。

钱多多今天收了十个电脑，不是用户名被锁定，就是邮箱被封了，都是小case，却周而复始。他真想拍案而起，让这些有事没事就来IT工作室的人去死，老子一天的宝贵时间都用在给你们开锁、解锁、解锁、开锁的无聊事情上了。

此时，有人站到他面前。

钱多多低头看邮件，“今天不收了，要下班了，明天再来吧。”

“咦，IT工作室不是号称每天都在加班吗？这才六点半就要下班了？”

熟悉的配方，熟悉的味道。钱多多迟疑了几秒，才抬起头。他的眼镜还是如此厚重，以至于抬头看梁晖时候，差点儿掉了下来。

钱多多给梁晖倒啤酒，梁晖说：“我不喝，我开车来的。”

“哦对，我都忘了。”钱多多给自己倒上，“你现在的习惯还是那么好？”

“我开长途的，”梁晖说，“喝酒太危险了。”

“也是。”钱多多自顾自地喝酒吃面。

梁晖一个人抽烟，钱多多一个人喝酒，两个好久不见的老友，气氛干巴巴的，只有烟酒和烤串儿相伴。说起来，这个小店也是当年他们常常胡吃海喝的地方。

梁晖喜欢抽烟，钱多多喜欢喝酒，周晓杰没有任何恶习，除了吃太多以外，三个人配合得很好。只有遇到特别高兴的事情，或者逢年过节，三个人才会喝酒庆祝。在钱多多记忆中，他们最后一次凑在一起喝酒，是因为梁晖的车队拿了那一年的总冠军。

年轻时对荣耀和梦想总是格外敏感。如果没有酒精的刺激，恐怕要被理想主义的悲壮撞击到落泪了，但是喝了酒再哭就没什么羞耻感了，于是他们喝成欢呼雀跃的鸟兽，接着喝成需要相互扶持的烂泥。

酩醉后醒来，虽然都是抱着马桶，不记得到底发生了什么，但是荣耀带来的刺激，跟酒精一样，瞬间刺激，一生难忘。

钱多多觉得如果没遇到梁晖和周晓杰，恐怕会一辈子做着IT工作室的宅男，每天修修电脑。在这个时代，浑浑噩噩是人之常态。但是在跟梁晖和周晓杰一起感受过梦想燃烧的精彩后，总觉得陷入这种常人的生活，哪里不对。当然，好像也没什么不对，朝九晚六的工作，已经可以赚到租得起不错房子的薪资，每天除了泡面和榨菜之外，还有盒饭可供选择，生活不好不坏，有点儿无聊。但每个人都是这样，也没什么不好。

钱多多这样自我安慰，和梁晖分开已经好几年了，不知对方是否也安于平庸的生活。

“哎，你还好吗？”钱多多说。

“还好。”梁晖说。

就知道问他也是白问，梁晖这个自闭症患者！钱多多在内心翻着白眼，“怎么想起来找我了？”他看了看自己的手机，“我们也有四五年没见了吧。”

“五年零三个月。”

“你记得很清楚啊。”

“嗯，因为周晓杰的忌日我记得比较清楚。”梁晖语气相当平静，但说话的内容让钱多多愣了半晌。

“哎，当年说好的，以后都不提他了。”钱多多给自己倒了杯酒，“提多了不也是难过嘛。”

“是，不提了。”梁晖不易察觉地叹了口气，“不知不觉就这么久没见了。”

两个人又陷入了沉默，这段沉默像是空出的音乐间奏，让他们各自找回生活的调子，重新回忆下“失散”之前的日子。

周晓杰死于一场赛车意外，在公路上试车时，没有控制住方向和速度，整辆车飞出了公路桥，几乎以车头坠地的姿势撞到桥下。事故和死亡发生在几秒甚至零点几秒内，梁晖感觉自己还没来得及把吸进肺里的烟吐出，眼前的世界就轰然裂开。

这也算得上一场重大事故，因为车速过快，车子发生了爆炸，两三声后便是熊熊燃烧的烈火。

这一幕曾在事后很多年一直出现在梁晖的梦里，每一次梁晖都想按下暂停或者慢动作，去考虑和回忆下，那个瞬间到底发生了什么。在他的记忆里，在这个瞬间之前，他和周晓杰还在通过耳机聊天，他在问周晓杰晚上打算去喝粥吗。

“周晓杰，晚上要不要去喝粥？”

“哟，小晖晖你觉悟了，终于不再撸串了？”

“撸串太多也是身心俱疲。”梁晖说，“现在全身都是烤鸡翅味儿，今天晚上去喝个粥洗涤下心灵吧。”

“可以的。”

周晓杰的回答非常轻松，好像在调试着车里的东西。梁晖一万次地回想那天他们俩的对话，有哪里不对，会导致周晓杰走神？但他一万次地否定了这种想法。

钱多多也在现场，眼镜碎成了碴儿。

周晓杰的去世对梁晖和钱多多的生活和职业生涯造成了毁灭性的打击。天才车手、明星“富二代”英年早逝，被长篇累牍地报道。周晓杰一度成为各大媒体的头条，而梁晖和钱多多也无可避免地被拉去做各种采访，陪伴公众一起悲伤，也陪伴公众一起消费这场突如其来的死亡。

接下来，梁晖和整个俱乐部的配合出现了严重问题，加上车队被彻查，周晓杰驾驶的车型被禁止生产。后来，梁晖在调查中承认是他建议对车辆进行改造。这使得他被禁赛、钱多多被吊销了汽修师执照，两人也随之形同陌路。

再之后不久，梁晖宣布退役，并且推掉一切邀请，他坚决、彻底地消失了。很少有人知道他去做了长途快递员，或者说，也没有人关心他去做什么了。

这些年，当然还有人在怀念梁晖和周晓杰的双子星时代，但世界变得那么快，怀念的人越来越少，人都是被迫选择遗忘的。21世纪50年代的高科技带动着一批又一批的车手和电子车出现，梁晖的驾驶方式都在过时，更别提那时的传奇和故事了。

“其实那会儿要是坚持下来，也没什么……”沉默了一会儿，钱多多忽然对梁晖说。

“坚持下来？”

“对啊。”钱多多说，“周晓杰也未必希望我们就那样放弃吧。”

梁晖没有说话，他眼前的烤串摆了满满一盘，但他一口也没动。他抽完了第三根烟，觉得周围都是烟熏火燎的压力。

梁晖说：“早几年，我一直想调查出周晓杰的死因。”

“啊？”钱多多稍微一愣，随即一脸无奈。

“我觉得他死得有点儿蹊跷，我不觉得那是单纯的意外。”

“早跟你说了，别执着这件事了，真的就是场意外。你说周晓杰，好好的‘富二代’，一辈子阳光灿烂的，能有啥想不开的？你老惦记他的死是场阴谋，惦记得自己都一身阴霾。”

梁晖看了看他，“当初你也怀疑他的死因的。”

“我是怀疑过……”钱多多说，“但我是从技术层面考虑的。他控制车速一向没有问题，但那辆车还处于试车阶段，难免会有一些问题。可惜当时爆炸烧毁，很难辨认零配件，所以没办法知道原因。这些年，我也在纠结，纠结在他上车前，我为什么不再多检查一遍，纠结你干吗承认是我们自己在做车的改造。不过梁晖，这事儿过去也有快十年了，我真的不想纠结了。今天你来找我，我挺高兴的，我以为你是来翻篇儿的，真的。这几年我过得不好，我看你也不好。”

“我过得挺好的。”梁晖平静地说。

钱多多露出有点儿便秘的表情，随即便是一副“无法和你愉快交心”的神色，默默地叹了口气。

“行吧，你觉得好就好。”钱多多说，“那过得好的你，今天找我来干吗？”

“没什么。”梁晖说，“好久没见你了。”

“能坦诚点儿吗，梁晖？”钱多多说，“好几年不出现，玩消失，现在忽然来了，就因为好久不见？”

“是啊。”梁晖忽然笑了笑，“真的，喝一杯吧。”

钱多多嘘了口气，“那你倒是喝啊，又说自己开长途不能喝。”

梁晖给自己倒了半杯啤酒，碰了下钱多多的杯子，继而一饮而尽，他说：“上一次喝酒还是我们拿冠军那会儿。”

钱多多也干了一杯，“梁晖，过去的事就让它过去吧。想念冠军的滋味那就再去拿一次，就算周晓杰不在，我想他也想看到。你跟我不一样，我是万金油，不当汽修师，我就做工程师，做不了工程师，也能修电脑，也没什么不能活的，但我真觉得你为了这个事放弃当赛车手很可惜。”

梁晖似乎在思考什么。

钱多多看了看他，“唉，好吧，咱俩难得见面，我又叨叨你不爱听的。不说了，都是选择，都是命。怎么样，梁晖，最近咋样，有事汇报吗？”

“我的事，梁光光不都定时跟你汇报吗？”

“是，她说的也都乏善可陈，除了开车，就是回家；除了睡觉，就是吃泡面。”钱多多说，“每次跟小光见面，都懒得聊你。”

“那还问。”梁晖说。

“呵呵。”

“梁光光前几天送了我个礼物。”梁晖说，“有点儿神经病。”

“哎，你这什么态度，你妹妹那是关心你，你说你……”

“一个GPS。”梁晖打断他说，“跟你有关系吗？”

“GPS？跟我有个毛关系。”钱多多蒙了，“你不是路路通吗？咋想起用GPS了？”

梁晖心里存着疑问，他总觉得这些汽车上的高科技产物和钱多多脱不开干系，可是看着钱多多一脸蒙圈的表情，似乎也不像在说谎。

II

“你疯了吗，梁晖？”钱多多说，“你竟然觉得一个GPS是周晓杰！”

“周晓杰是谁？！”李四瑞说。他此时被开机了，蓦然发现梁晖的车里多了一个人，“哎，你又是谁？让我来进行下面部测试。”

李四瑞对着钱多多的脸猛地打开了强光，吓得钱多多差点儿飙脏话。

扫描一秒，李四瑞说：“你好，‘好基友’钱多多！”

钱多多感觉自己眼睛被晃瞎了，摘了眼镜平静了会儿。他看向梁晖，梁晖一脸理解和同情地冲他点点头。

接下来，钱多多和李四瑞进行了诚恳友好的对话。钱多多本来就话密，赶上李四瑞也话痨，两个人在高速上聊了快一个小时。

不知道是不是提前被梁晖洗脑了，钱多多也觉得李四瑞的口吻、说话方式，甚至讲的笑话都很像周晓杰。可作为一个“科学家”，他无法接受这种“一个人把灵魂存在一个机器里”的说法。况且，周晓杰都死了五六七八年了，这简直就像绝经多年又冒出一个孩子，但他觉得有点儿粗俗，便把这句话憋回去了。

“你觉得呢？”梁晖问。

“确实有点儿像周晓杰啊。”钱多多说，“但也可能是我被你洗脑了，先入为主了。周晓杰个性那么阳光，大概好多GPS的人工智能设定都会往这个方向设置吧。”

“嗯。”梁晖说，“这个GPS在出厂前知道了我所有的事情，他知道我的星座、年龄、得过的奖、开车的方式，知道你、我父母、梁光光，但他就是不知道周晓杰。”

钱多多愣住了。

梁晖继续说：“如果真的在出厂前配置过司机主人的资料，他不应该不知道周晓杰吧？”

“哎，我说梁晖，这玩意儿既然是梁光光送你的，你干吗不直接问她？”

“我问了。”梁晖说，“她一开始说是买了送我的，后来我问得多了，她才承认不是买的，是收到了个抽奖码，然后抽到的奖品。我想梁光光也不知道什么，所以来问你的。你不是工程师吗？用你的高智商研究下。”

钱多多觉得从唯物主义的角度来想问题，周晓杰变成了一个GPS这件事是不可能的，但是现在科技发展这么快，他们已经造出了各式各样的机器人，仿照周晓杰的个性和记忆，做一个土豆形小GPS也是有可能的。

之后一周，梁晖推掉了快递任务，钱多多也请了一周的年假。

两个人蹲在梁晖的破出租屋里，对仿若周晓杰的李四瑞进行了科学研究——应该说是不顾李四瑞的哭喊，进行了科学研究。

从严刑逼问“你到底来自哪里”，到“你再仔细想想周晓杰是谁”，再到乱七八糟的问题，李四瑞不停接招，感觉自己一颗GPS的心好累，强烈要求自动关机。

钱多多最终决定出大招，他要拆卸李四瑞。

“等一下，你拆卸后，他会不会变得跟以前不一样？”

“哎，他只是个机器人，拆卸不影响什么的。”

事实证明，科学家的承诺也并不是很管用，钱多多拆卸加安装回去耗时三天。

三天后，李四瑞真的变成了周晓杰。

12

多年前的某天。

“我说梁晖。”周晓杰坐在阳台边上，拿着一瓶可乐咕咚咕咚地喝，梁晖则坐在椅子上抽烟看手机。

“嗯。”

“有没有想过怎么死？”

“什么玩意儿？”

“我说你有没有考虑过自己会以什么方式死掉？”

“周晓杰，你是不是脑子又进水了。”梁晖把手机放下，“你赶紧从阳台沿儿上下来吧，不是下一秒你就要实践跳楼死法吧。”

“哈哈哈哈哈……”周晓杰大笑。他那天坐在自己家公寓的顶层阳台边，两腿垂在阳台外，那时，离周晓杰出事大概还有几个月。那段时间，周晓杰又陷入了周期性的感冒、发烧、头疼，整个人透着一股多愁善感的气质。梁晖来看他，聊起的不是死，就是伤别离。

周晓杰笑了会儿，说：“你知道啦，现在法律规定严禁跳楼，每天都有直升机巡察。我家虽然这么高，但是就算我现在从阳台跳下去，下面也是有安全措施的。”

梁晖走过来，靠在周晓杰身边往下看，下面灯火辉煌。那一年是2055年，人情寡淡，城市却昼夜光明。说白了，无非是富人区在燃烧能源。

“你家这里还真是一片光明啊。”梁晖很少来富人区，他也很少来周晓杰家，要不是周晓杰最近生病，他这辈子都没机会看到顶层的风光。

“下面星星点点的都是监控和安全网。”周晓杰指给他看，“想不想跳下去感受下？”

“感受啥？”

“感受下失重的濒死感。”

“我有病吗？”梁晖说，“你病没好，就拉着别人发疯。”

“做人如你，真是一世无聊啊，小晖晖。”

梁晖一直觉得周晓杰是个生来什么都有的人，家庭、财富和地位，高智商，又有点儿帅，性格随和有趣。他有些出色得不像人，或者说，他和这个时代的人都不太一样。这个世纪，人们生活压力大，居住环境差，贫富差距大，生活似乎已经很难取悦人类了。这座城市的自杀率很高，每天都会有各式各样的人因为各式各样的原因离开，像周晓杰这样活得有趣又阳光的“富二代”简直是奇珍异宝。

可是，他居然也探讨起自杀的话题，以一种玩笑式的口吻，甚至想从有安保系统的高楼跳下去感受一下。

那天晚上，周晓杰真的跳了下去，梁晖被他吓得心脏偷停。虽然周晓杰很快就哈哈大笑着从楼下跑了回来，说着：“你看我说了，现在的高层都是有自动安保系统的，防止有人自杀。”但梁晖还是出了一头莫名的冷汗。

“感觉你该去精神病院看看了。”梁晖说着，走过去摸了摸周晓杰的额头，“发烧果然是不能烧太久呀。”

周晓杰扒拉开他的手，笑了笑。

这是他和周晓杰第一次谈到生死问题，当然也是最后一次。梁晖活得极端消极，可是直到现在为止的三十多年，他都没想过自杀。他记得自己和周晓杰说过：“现在这个世道，污染严重，人情淡薄，有喜欢的事情和人都很难，好像活着也没多大意思。但来都来了，就活一活呗，对父母、家人、朋友都是一种交代。”

"都是一种拖累好吗？"周晓杰说，"你这种消极的活法还不如不活呢。"

13

"消极地活着是一种拖累好吗？"李四瑞说。

钱多多和梁晖目瞪口呆地看着他。李四瑞的声音切换很方便，有时候甚至能切换成王菲或者邓丽君的声音，而此时，他的声音切换成周晓杰的了。

"你……到底对他做了什么？"梁晖说，"这算是闹鬼了吗？"

"喂喂！"钱多多的眼光都不敢从李四瑞身上移开，"明明是你怀疑他是周晓杰留下来的。我可是科学家，我只是重启了他体内的一个芯片。"

"哈喽，梁晖、多多，我是周晓杰。"李四瑞说，"你们放心，我没有复活，我只是留了一段录音在这个GPS身上。不知你们什么时候能收到这个GPS，也不知道你们是否能发现这个芯片，不过这些事都是随缘的。如果能听到这段录音，或许你们过得不够好，毕竟如果还在做自己喜欢的事情，大概也不会无聊到要和一个GPS聊天了。没错，小晖晖，我说的就是你。"

声音太过熟悉，口气一如既往的戏谑。那个瞬间，梁晖产生了酸涩而冲动的错觉，他觉得周晓杰是开了个愚人节玩笑，外出整容很多年，现在终于归来了。

“好了，既然找都找到了，我就和你们聊一下。其实我希望你们不会听到这段话，因为我也觉得我要说的话很无耻。梁晖，我知道你一直纠结我的死因，因为太过突然了。我自己都觉得突然，因为这也是个蛮突然的决定。”

钱多多感觉自己的眼镜再次碎掉，他转头看了下梁晖，“周晓杰还真的是自杀的吗？”

梁晖示意他不要插嘴。

“我录这段录音的时候是2055年，不知道你听到这段录音的时候会不会是很多年后了呢？小晖晖，你知道，我们都是生在末世的人类，但其实我们有所不同。这个世纪，地球和人类都有些不耐烦了，无论是资源，还是人情，都在渐渐淡去。我就是这个渐渐淡去的世纪的产物，我父母通过优化基因组合制造了我。说了你大概也不懂，或许，你会说这是你们有钱人玩的事儿。可不是嘛，只有有钱人才能想到用自然生育之外的方式来制造下一代。这种基因优化的计划是全球启动的实验性项目，叫作‘镜像计划’，通过这个项目培育出来的人叫作‘镜像人’，我也不知道我们算不算人类的一种。所以，我想，我大概是和你不一样的物种吧。”

已经很多年了，梁晖觉得他和周晓杰的故事从来没有结束，尽管他的好友死在一场爆炸的火光中，尸骨无存，但他感觉周晓杰还有话没有说完。周晓杰总是有说不完的话，可是在他们做“好基友”的那些年里，似乎无法说出口。

而今天，梁晖听到这近乎离奇的表达，他在想，过去他一直和周晓杰念叨“我和你不一样”时，对方是怎样的心情。

周晓杰作为“富二代”，原来是人类优化基因的产物，是一个标准的优化基因人，他叫作镜像人，他完美得无懈可击。

“小晖晖，在遇到你之前，我给自己找过很多兴趣爱好，弹吉他、学编程、唱民谣，对了，我还去学过说相声呢。等一下，我跟你讲，我在李四瑞的系统里存了不少相声呢，回头希望你一个一个调出来听哟。”

梁晖心想，我已经听了一路一路又一路了好吗？

“啊，跑题了。总之在这么多领域里，你是我遇到的第一个天才，第一个比优化基因的镜像人做得更优秀的普通人类，我觉得你的天赋才是这个世界的礼物。跟你一起组队的这些年，能够见证你拼尽全力地去实现梦想，我感到与有荣焉。

“如果能够一直一起赛车、拼搏和吃泡面，我会很开心的。不过镜像人有很大的生命漏洞，我们无法活过25岁。我的器官一直在衰竭，我父母开始想过办法，可后来他们还是放弃了。我对生命没有太多的留恋，只是不希望和所有镜像人一样死在床上，所以我为自己制造了那场速度中的死亡。希望你能够原谅我的任性，毕竟，人之将死，总有任性的权利吧。”

发出周晓杰声音的李四瑞说到这里忽然停顿了下，他闪烁了下土豆头，似乎并没有在复制录音，而像有知觉一般地说：“你说呢，梁晖？”

虽然像是在读取幻象，但是梁晖却自然而然地接了一句，“我明白。”

李四瑞如接收了讯息，继续读取进度条中的声音，“李四瑞是我的人工智能GPS。李四瑞不是我，虽然我知道，我自己培育的人工智能和我一样英明神武，但他不是我，你也不要问他我是谁，他会混乱的。总之，我把他送给你，你要好好与他沟通，不要翻白眼！

“说起来，你是路路通，一定觉得GPS是个愚蠢的产物。不过我觉得做人要保留一些愚蠢的想象和愿望，才能活得更好。小晖晖，我希望留在这个世界上的你，心里还有愚蠢的信念，相信每一场比赛都没有终点。不过考虑到你是个自闭症患者，我想来想去，还是留下一个李四瑞陪你吧。不知道怎么才能把李四瑞给你，我考虑过快递寄送、让你自取等方式，不过都怕你知道真相太早又满心颓废，知道得太晚又毫无激情，所以再议吧，你啥时候拿到就是我们俩的缘分啦。

“梁晖，我要跟你说的话就这么多了。我希望你能够继续驰骋，继续做一个礼物一般的天才，做那些或许愚蠢但是能让你快乐的事情。作为你的朋友，我没法一直在你身边，但我永远与有荣焉。包括李四瑞在内，每个人都是每个人生命中的过客，没有永远的陪伴，人最终都是孤独的，但是彼此陪伴扶持走过的那段路，使我们成了现在的我们。

“谢谢你，梁晖，很感激遇到你。再见了！今后也要加油！”

14

著名的末世赛车手梁晖，在33岁时复出。

21世纪60年代不是一个生存的好时代，却是赛车的好时代。虽然频发事故，能够安全夺冠的车手少之又少，但赛车手的商业价值很高。

复出后的梁晖，比年轻时稳健得多，他很少以速度取胜，而是平稳地通过每一条末世公路的关卡，从不出错。他稳妥如神，出现在镜头前时是一如既往的面无表情。有新闻报道开玩笑说，大概是开了太多年的长途运输，冠军车手以稳到家作为风格了。

每一次出席比赛，梁晖的车都不做太多改造，只是在副驾驶座位上安装一个奇怪的、土豆形的GPS。“一个赛车手要什么GPS啊！”解说员也常常表示不解。

“大概是求个心安喽。”他的好友钱多多推推眼镜表示，“这年头护身符难请，还不管用，不如请个GPS保平安哟。”

李四瑞被迅速地量产了，大家也不知道叫这种具有人工智能和聊天系统的GPS啥名字好，于是“赵四瑞”“张四瑞”“王四瑞”纷纷出现，四瑞进万家，随性地有了各自的姓。或许因为活在一个绝望的年代，大家更善于把愚蠢的流行科技玩出新高度。

梁晖一直用他的李四瑞，比赛之余也带着他去走过去的路，他调出了周晓杰存的无聊的相声、唱过的民谣和弹奏的吉他曲，像是对方还在身边。

“主人，最近你对我的服务越来越满意了哟。”李四瑞嘻嘻笑着。

“还行吧。”

“口是心非，明明心里很开心。”李四瑞说。

“其实你是我朋友留给我的礼物。”梁晖说，“他自己也说，你跟他很像。”

“哇，他有我这么英俊吗？”

梁晖忍住了，告诫自己不能翻白眼，“你是一个土豆形的机器人，懂什么叫英俊吗？”

“我在机器人界也算是响当当的帅哥。你看到喽，现在有这么多模仿我的机器人出现，真的，太没创意太没新意，你都不去告他们抄袭吗？”

“哦。”

“冷漠脸的小晖晖！聊会儿天呗，你现在又不拉快递了，干吗目不斜视地开车呢？”

“为了驾驶安全，本来就应该目不斜视啊。”

“你跟我抬杠是不是？”

“我不敢。”梁晖说，“好吧，你来指点下，我们下一个休息站在哪里？”

“下一个休息站去做大保健吧！”

“你说你一个机器人……为什么能这么不正经？”梁晖说。

“大保健不正经吗？”

虽然偶尔也会感到聊不下去，但梁晖有点儿习惯了在赛车和行车过程中有个聒噪的声音。钱多多重新加入了他的车队，主要对他的汽车和器械进行管理，当然，钱多多还是钟爱为大家修理电脑这项有前途的工作。

生活一如之初，重新开始，永远不迟。当然，也再难回到青春的日子了。但那又有什么关系呢？一直往前走，才是活着。

再次拿到总冠军是一年后。梁晖经过几次恢复性赛事，才重新参加职业比赛。阔别赛场多年，很多规则都改变了，梁晖适应了一年，终于磕磕绊绊地赢得了冠军。他驰骋得并不热血，而是利用很多规则去赢得积分，毕竟自己不年轻了，那种一蹬油门就千里夺冠的劲头已然消失了。

当然没有消失的，是心里对于某些理想的愚蠢的坚持。

钱多多和梁晖住到了车队的宿舍里，还是个半地下，但条件比几年前好多了，至少在客厅里有了个巨大的电视，钱多多用来看深夜电影。李四瑞被摆在沙发边上充电，偶尔会在半夜忽然启动，对着钱多多胡言乱语。

唯物主义的钱多多还是对李四瑞有着“周晓杰还魂”的恐惧，每每此时就想拆了李四瑞重做研究，这种状况维持了一年多。梁晖拿了冠军，打算做下一个季度的计划时，钱多多和他商量要不要拆掉李四瑞做研究。

“怎么了？怎么又想到拆他？”

“最近觉得李四瑞充电次数过多，而且经常在关机时自动重启，还动不动就死机。”钱多多说，“而且赵钱孙李四瑞们都在返厂修理，这种类型的GPS虽然很智能，但生命周期有限。”

“哦。”

“不过这玩意儿是周晓杰的意识存储体，理论上，意识应该是不灭的。”钱多多托腮思考，“你说周晓杰，一个奇葩的镜像人，弄了个如此高科技、意识流的东西，还没有说明书。”

“他大概也没想到这东西真的能送到我手里吧。”梁晖仔细调查了李四瑞到他手上的路径，简直是曲折和放弃式的。周晓杰一直把李四瑞寄存着，电池和配件都已经老旧了。梁晖想，周晓杰应该也在纠结这个GPS的意义，是不是真的有必要留给自己的老友。

梁晖说："李四瑞也是多年前的机器了，电池和系统老化也算正常，能不能更换呢？"

"更换倒是可以，不过更换后，他的系统会被格式化，大概整体的性格配置就换掉了，也就没那么周晓杰了吧？"

"哦。"

梁晖一如既往地哦了一声，他对着窗外的夜空和人造灯光想了想，"那……就不更换了，让他自然运转到最后好了。"

15

作为一个GPS，李四瑞自认为长寿，毕竟他被制造出来五六年了，电池和系统一次都没有更换更新过，看起来，他的主人梁晖也不打算给他更换更新了。

在李四瑞的人工智能心中，有种辽阔的感觉。短暂辉煌地活过，改变了一个"屌丝"司机的人生，真的是一个GPS的骄傲呢！对于他体内存放的周晓杰的相声和声音，他确实一无所知。

他感觉一个机器的生命也要走到尽头了，在被制造出五六年和使用了两三年后，每一次启动都要花费好长时间，自动关机的次数也越来越多，每一次关掉都以为自己不会再被开启。如果机器也能知天命的话，他大概是知道了。

偶尔也会希望梁晖能去更新系统和更换电池，或许他能够启动得更顺畅，变得年轻，但周晓杰的潜意识似乎也在影响着GPS的思维方式。

“小晖晖，我最近感觉自己指路的水准有所下降呢。”

“指路的水准？”梁晖无奈了，“你什么时候指对过路吗？”

“喂！礼貌何在，你现在行驶在一条康庄大道上，难道不是我的功劳吗？”

“这条康庄大道，我已经行驶好多年了。”

“那你还开着我干吗呢？”李四瑞愤怒。

梁晖望着前方，似乎在认真思考这个问题，“唔……就习惯了吧，要不把你关了？”

“感情和基本的信任呢？小晖晖，我正式通知你，我对你这种常年不懂如何聊天的行为很生气，也很焦虑。”李四瑞的聊天内容，从来不是关于路途安全和前方路况，他又絮絮叨叨地念叨，“梁晖情商欠缺，以后可怎么交女朋友呢？”

梁晖听他念叨了一会儿，忽然说：“哎！”

“啊？！”

“别说了，要不，我给你出个谜语猜猜吧。”

“呃……小晖晖，你吓到我了。”李四瑞不敢相信，梁晖居然还会出谜语了。

“怎么样，要不要试试？考验下你GPS的高智商。”

“可以，那必须啊。”李四瑞迅速接招了。

“三个圆圆的东西，远远地跟着你，有时你知道它在哪儿，有时又不知道它在哪儿，但它一直都在你身边。”

李四瑞的土豆头简直要垂下来了，“你这是抄袭我的谜语！”

“怎么抄袭了呢？”梁晖无辜表示，“你那个是一个圆圆的东西，我这个是三个圆圆的东西。”

“那……就是三个月亮呗。”

“你见过天上有三个月亮吗？”

“那到底是什么呀？”李四瑞闪着信号灯表示思考，思考了一会儿说，“三个鸡蛋？三个蛋糕？三个饼干？”

“你这是GPS的智商吗？”

“你犯规欸，梁晖。”李四瑞不满了，“你说的这个明明就不是个东西，根本不如我的谜题有诚意。”他叽里咕噜地数落了一番，又自顾自地说，“思考得我的主机都发热了，我决定关机一会儿。”

“前面很快就到休息站了，到了再关机吧。”

李四瑞的声音变得忽弱忽强，好像信号也变得不太好，整个机箱发出了吱吱作响的电流噪音，“哇哇，我的主机好热啊，快告诉我，谜底是啥？”

梁晖目视前方，他停顿了几秒，忽然笑了一下。这是李四瑞第一次看梁晖露出笑容，他以为人类的脸很难展开笑容呢。

梁晖说：“三个圆圆的东西，远远地跟着你，有时你知道它在哪儿，有时又不知道它在哪儿，但它一直都在你身边，不就是你嘛。”

李四瑞的GPS头脑混乱了几秒，他的主板更热了，“谁说我是三个圆圆的东西呀！！！再说，我哪里是远远地跟着你啦，我明明一直在你身边呢。”

“以后就不一定了。”梁晖说，“你的电路板和很多配件都走到尽头了。”

“这么伤人的话你也说得出口……”李四瑞说，他又想了想，“说到这里，小晖晖，等我报废了，你可不要换新的GPS哦，否则我报废了也不会放过你的。”

“你这话又是从何而起啊？”梁晖说，“钱多多又给你看什么电视剧了？”

“才不是！我跟你说哦，小晖晖……”

“别说了，你不是要关机一会儿吗？”

“喂！你这是什么态度！”

16

两周后，李四瑞在路途中，在同样普通的叨叨中自动关机了，有点儿突然，但好像又有所准备。

周晓杰说过的：每个人都是每个人生命中的过客，没有永远的陪伴，人最终都是孤独的，但是彼此陪伴扶持走过的那段路，使我们成了现在的我们。

李四瑞关机时的声音很像周晓杰，他对梁晖说：“再见了！今后也要加油！”

阳光很好，洒满2065年的公路，像极了青春时他们行驶在路上的样子。

紫色的天空，风吹过手指，刚刚好，适合上路。

CHAPTER 2

拳击手小孙

公元2069年

1

“南山南”是南城一家著名的拳馆。

货真价实的教人打拳的拳馆，名字取得这么文艺纯属偶然，不符合其狂野深沉的定位，这让从外地到此读书加务工的田小心一度产生了温情的错觉。后来田小心才知道，2050年以前，“南山南”是家咖啡馆，拳场的老板盘下了这里开拳馆，一时想不出新名字，就顺延了过去咖啡馆的名号：南山南。

在南山南打工不是件令人开心的事。表面上看这里训练着或专业、或业余的拳击手，但到了晚上，便成了打黑市拳的地下场所。

黑市拳在南城很流行。娱乐业极度发达之后，人们越发超然于吃喝嫖赌，爱上了一些别样的荷尔蒙消费——看别人被打成猪头。

每天晚上，南山南都人声鼎沸。鼎沸中的拳台中央，总有人被打得血肉模糊，围观的人们的叫好声里听不到一丝同情。

南山南是个不需要同情、只需要刺激的地方，人们花了重金到这里买刺激，输赢是一方面，那扑面而来的血腥味简直原始得令人着慌又着迷。

可田小心却是南山南中唯一一个需要有同情心的人，因为她是这里的复检加急救的实习医生，年轻、便宜，也算不上专业。毕竟她大学还没毕业，只不过从医学院顺藤摸瓜来此赚点儿外快。

她以为自己是在救死扶伤，但在认识小孙之后才发现，她只是个围观的医疗摆设。

小孙叫孙俊，好普通的名字，所以也没有人这样叫他。他是南山南的常驻拳击手，他很酷，不太合群，总是埋头在角落的拳袋旁练拳。他没有教练，没有陪练，甚至没有专属的衣橱，就连抽烟都是一个人在馆外的小街上，抽完了再进来。小孙偶尔会和扔垃圾的田小心打个照面，田小心想和他友好地打个招呼，小孙却往往像没看到她一样走开。

这么酷，应该是位高手才对。

但据田小心来此不久的观察，小孙胜少负多，不对，他从来没赢过，而且是最常被打成猪头的拳击手之一。也因为如此，田小心不得不和他有所接触。

这家伙伤痕遍体，每两个礼拜就被打成一次重伤，眼角和嘴边的伤常年不愈，整个人总是紫黑紫黑的。

久病成医的道理在小孙身上也有所验证，他的左臂已经习惯性脱臼。某次，田小心帮他止血后才发现，他左臂悬挂着，已经是脱臼状态了。

“你脱臼了，我没法给你止血。”田小心说，“身体挺直，我帮你接上。”

小孙说：“别碰我胳膊。”

他声音沉着，这是他跟田小心说的第一句话，也是那一瞬间，他正经看了田小心一眼。他很冷酷，连眼神都是，不带任何感情。

田小心跟自己保证，这辈子都不会和这么低气压的人做朋友。小孙说完这句话就站起来，走到墙边，自己生生地把脱臼的胳膊扭接了回去。异常熟练，非常残忍，可以听到咯吱咯吱的声音。

接下来，他又坐回到田小心身边，“好了，可以止血了。”

田小心目瞪口呆，一时没能说出话，盯着小孙默默看了几秒钟。小孙有点儿狐疑地看着她，莫名其妙。

“怎么了？”小孙问。

“没……什么。”田小心看了下他顺着脖颈和胳膊流下的血，外在伤口都不深，无非是摔倒在地的擦伤，重点在于一些瘀青的内伤。她用酒精棉慢慢地擦过那些血痕，做了简单的包扎。

小孙对整个治疗很有经验了，在田小心做完包扎后，就收起胳膊，起身准备离开。

小孙的一言不发似乎让他的疼痛更剧烈地蔓延到空气里，田小心有点儿放心不下。她看着小孙穿上外套，系好鞋带，用消毒巾擦了下嘴边的伤口，忽然问：“要不要去医院啊？”

“啊？”小孙回过头，好像没想到她会这样问。

“我说，要不然，我带你去医院吧。我觉得你有内出血和轻微骨裂，应该还有其他的内伤，我想还是应该去医院查查。”

拳击手身上伤痕累累，小孙更是重伤重重。他看起来丝毫不在意，不知是否是因为没条件在意。南山南的临时复健医生换了一批又一批，每两个月就来个新人，基本都是没有执照的流氓医生或者蒙混大夫。大家做做表面功夫，每日拿钱混日子，谁也不关心拳击手的死活，所以基本上，田小心是第一个忧心忡忡地想带小孙去医院、口气还如此理所当然的人。

小孙看了看她，没说话。小孙沉默时候的眼神比较严厉和专注，好像在催促田小心继续说点儿什么，尽管他没这个意思。

于是田小心又赶紧加了一句，“还有，你左臂已经习惯性脱臼，你不能再这么粗放地处理了。”田小心说。

“什么叫粗放处理？”

“就是硬撞和硬接。”田小心做了一个手势。

小孙提着背包，看着她，颇为短促地似笑非笑了一秒，“要打石膏吗？”

“当然不用，石膏是骨折时才用的。”

“所以要怎么处理？”小孙和她多说了两句，态度仿佛是施恩，这让田小心越发不爽。的确，脱臼除了利索地接起来，也没什么其他好的途径，但田小心就是觉得对方不珍惜身体的行为非常值得控诉。

“不是这个问题，你应该减少这种重量级的创伤了，”田小心说，“至少近期要减少拳台竞技。你参加拳击赛的次数太频繁了，伤口重叠，对你身体真的不好。而且，我虽然不懂拳击，但我觉得想要进步和赢，也不能这么急于求成，毁了你整个肌肉和骨架构造就不好了。我帮你做了几天的止血了，你重创虽然没那么多，但是每天都被打到同样的位置，已经是旧伤难愈了。哎！你不要不耐烦……我是想……”

由于小孙表情里随时都带着点儿不耐烦的元素，让田小心有些焦虑，她想赶紧说完，又觉得对方根本没有在听。

可那天，小孙带着满脸的不耐烦，一直安静地听她说着。

田小心从他眼角的伤讲到了左臂的伤，殷切劝说他不要这样频繁接拳赛，至少让身体和伤口有一段缓冲期。伤口并不是止血就行的，人对伤痛的承受是有限度的。

田小心是真心觉得这家伙可怜，没什么天赋，伤成这样还要执着地参加比赛。她都有些替小孙的父母心酸了，身体发肤，受之父母，这样一毁再毁，怎么对得起家人！

小孙居然听她把话都说完了，这真不像小孙的作风。他在南山南几乎不跟任何人说话，除了练拳就是打拳，除了挨打就是止血，然后收拾东西走人，今天应该是他除了这些事之外，在这里浪费时间最长的一天了。

他很有耐心地听田小心讲完了话，活动了下左手，上面缠满了纱布。

“你说完了？”他问。

“嗯，差不多吧，就是跟你交代下。”田小心说，“我来这里也不久，不过治疗次数最多的人就是你了。还是想劝你注意点儿，要不以后你伤势太严重，我都没法帮你。”

“你刚才说你不懂拳击。”

“我是不懂，不过……”

“你的确不懂，其实我今天打的这场不是拳击，是自由搏击。”小孙说。

他说完这句和田小心的医者父母心毫无关系的话，转身走了，和往常一样酷。

2

自由搏击又是个什么玩意儿。

田小心被小孙高傲的态度激怒了，她特意回到学校宿舍里百度了一番。自由搏击也没什么了不起的嘛，就是一种和拳击不同的竞技项目。有啥不一样？无非是手脚并用，啥都能打，更粗野，更残酷。

真不懂小孙高傲什么劲儿。

“这么没天赋就别来打自由搏击了。”田小心越发看不惯他，在准备当晚医用设备的时候，忍不住地低声吐槽。

旁边的会计阿吉听了个正着。阿吉是被雇来南山南管账的，他逻辑清晰、算法卓越，南山南的经营利润都从他这里出入账。他不是南山南的自己人，没有派系，只是安静地做账、算账。

“你说他吗？”阿吉难得搭茬儿，指了下小孙。

“是啊，每天都是他被打成肉酱，每天都得我给他止血和理疗。没天分就别这么毁自己了，被打死了也赢不了。”

阿吉看了看她，似乎犹豫了下才说：“你是真不知道，还是瞎吐槽啊？”

“啊？”

“坊间传闻，小孙还是很有来头的。他是自由搏击界的前冠军，算得上是上优级的选手。自由搏击是个国际性运动，他年轻的时候就打过国际赛了，有一阵儿还小有名气。

“后来，谁知道他出了什么事，大概被卷进什么赌局里出不来了吧。”阿吉说，“很少见他打正经赛了，而且到这边做了拳击手，偶尔才打自由搏击。在拳台上，他跟南山南的老板应该是有协议的，每周固定打输几局，给赌钱的富商们一些消遣。”

田小心的表情显得颇为震惊，一时忘记问下文。

阿吉颇有耐心地给她解释了几句，南山南的赌局有一大半是内定的，送来的选手、自己买局的选手都需要一场惨胜才能让赔率显得更可信，参与赌博的大大小小的富商会员也希望看到血腥的缠斗，仿佛只有这样，自己投出的银子才值得。

小孙负责输，也负责输得好看、血腥和真实。

这一晚他输得格外真实，被打得一直往外吐血水，田小心拿着消毒巾跟在他身后。他对着水池吐血水，吐完后，拿过田小心手上的消毒巾，擦了下嘴角和口内伤口，就自动自觉地坐下了。

他脸上的伤尤为严重，伤到了眼睛，整个右眼肿胀、充血，他其实有点儿看不清，直到田小心离他很近。

田小心是一个新来的实习医生，气质和南山南尤为不符，她看起来热情又友好，周身带着救死扶伤的气息。他们明明不熟，此时却气鼓鼓地数落小孙，数落他这样打会成瞎子，还说自己百度了什么叫自由搏击，自由搏击也不能往死里打，不能伤害器官，最重要的是别成了残废，blah blah……

和妹子絮絮叨叨的严厉数落形成鲜明对比的，是她细致又温柔的包扎手法。她离得太近了，呼出的气息都在小孙的脸上。很久没和一个人靠得这么近了，也很久没有被人这么轻微而细腻地触碰了，小孙莫名地、突兀地有了一种奇怪的疲倦感，好想睡觉。

要知道，这些年，他都需要喝得烂醉才能睡上好觉。

于是，他听着那些叽里咕噜的话，在医生的消毒、处理和上药中，慢慢地、缓缓地睡着了，并把头靠在了田小心的肩膀上。

小孙做了一个绵长的梦，梦见自己刚刚来到南城，还是一个颇有前途的自由搏击选手，每个训练的午后，他最常做的事情居然是跑去补习班学英语，想着有朝一日可以到国际上参加比赛。他总能路过南山南，那时候，南山南还是个咖啡馆，有许多学生情侣在那里约会。那时候城市里还不流行赌拳，流行着奇怪的东西，比如贴纸照、小猫咖啡杯、大号耳机，流行在咖啡厅的墙上写“xx喜欢xx”。

那时候，他的前途还是挺光明的，没有受过重伤，也没有深陷债务和赌局。那会儿家人也都在世，都期待他得冠军带来荣耀。不过，世事难料，他从最有前途的运动员沦为陪打手，好像也就是一瞬间的事。

梦里的他相信这一切是真的，他骑着自行车一遍一遍地路过南山南，开始有点儿小陶醉，之后却一直找不到出口，自行车越来越沉，蹬也蹬不动。之后他猛地醒了过来，发现自己的头靠在田小心的肩膀上，对方呆滞地坐着，一动不动。

小孙马上坐了起来，觉得此情此景异常尴尬，尤其是看到外面蒙蒙亮的天色，他才意识到自己睡了挺久的。

“你终于醒了，我的胳膊和腰都要断了！大哥，你的头还真沉！”田小心如释重负，马上跳起来活动手臂，“哎，我说小孙，真心的，我还是带你去医院吧，我觉得你的肌肉和精神都极度疲劳，就算不做大休养，也得做个检查了。你有没有发现，你胃部的外肌肉一直在痉挛，后脑还有旧伤，我帮你包扎了下，你的牙好像被打掉了一颗，鼻子这边也歪了。而且……”

“哎。”小孙用一个语焉不详的“哎”打断了田小心的医生式训诫。

“咋了？”田小心活动着胳膊。

“你叫什么？”

田小心微微愣住，思考了一下这个很简单的问题，“我？我叫田小心。”

“田小心。”小孙重复了一下。

“嗯。哈哈哈，以前也有人叫我小甜心。”

小甜心，亏得有人这么肉麻！小孙忍不住讪笑了下。

睡过觉的身体有点儿轻松，小孙有了半秒如释重负的错觉。他看了下窗外，有阳光投射进休息室，整个房间弥漫着消毒水和药水的味道。现实中的南山南到底不比梦中的青春和烂漫，那瞬间的如释重负悄然逝去。他看回这个叫作田小心的小医生，第一次在晨光中仔细看她，居然还是个长得不错的小女生。大概是因为熬了一晚上，又或者是阳光的虚化作用，让她看上去虚弱得很需要被照顾。

“他们都叫我小孙。”小孙说。

“我知道啊。”

“嗯，昨晚多谢你。”

“没事，我应该做的，我是你的医生嘛。”

“嗯，辛苦了，早点儿回去休息吧。”小孙说。他的口气比以前缓和了很多，但依然很沉重，带着一点儿大人的慈祥，于是造成了另一种居高临下，这让田小心依然有些微的不爽，甚至有些不好意思。

“哎！真的，你要不要跟我去医院啊？”田小心见他站起来要走，就跟了几步，锲而不舍地问，“如果你没有保险的话，我可以带你去我学校的附属医院……”

小孙说：“不用了。我没事。”

“你真的很奇怪。”田小心说，“运动员不是应该格外在乎自己的身体状况吗？你这种自杀式的搏击，对你有什么好处？”

小孙说：“你也很奇怪，这跟你有什么关系吗？”

这什么态度？这是把你当了一夜枕头的人该说的话吗？！南山南果然是个负能量爆棚的地方！田小心藏不住的愤怒立刻升到了脸上，她喜怒形于色，看起来格外有趣，小孙心底像被谁踩了一脚。

田小心气冲冲地把器材收拾好，念叨着好人没好报、忘恩负义、浪费老娘的胳膊……拎起东西就走了。

红澄澄的阳光扎进了眼底，外面已经大亮，耀得田小心停在后街适应了会儿，打了几个哈欠。

她打算回学校睡个好觉，昨夜让小孙枕着睡了三个小时。是啊，其实也仅仅三个小时。其间她打量了小孙黑紫的眼袋，不知是伤还是黑眼圈，对方的身体状况真不好，她有点儿不忍心叫醒他。

田小心觉得自己对世间所有不得意的人和事都有些心软，虽然毫无必要，还浪费精力，但从小到大，她都多愁善感地关注着实验台上死掉的青蛙、考59分的同桌、永远要一个人搬煤气罐的老大爷……

可是不得意的人往往没救，反正，田小心觉得如此。今年是2069年了，马上就要迈入2070年了，城市和世界都是往上看的，沉下去的故事捞也捞不上来。

她想到自己的处境也算不得多好，要不然何必跑到黑市拳场来打工呢。打工费时费力，又浪费了一夜时间让一个不知好歹的人枕着睡觉，钱也不会多领一分，她有点儿生气。

觉得自己总是关心一些没意义的事的毛病改不了，田小心挫败地叹了口气，打着哈欠迎着天光往外走。

南山南的清晨像几年前一样，光芒万丈，烂漫四方，好像这里依然是充满小情小调的咖啡馆，而非乌漆墨黑的拳馆。田小心前几年还不在南城读书，但她也觉得清晨的南山南有些不同，像写着什么回忆。

她吭吭哧哧地往前走，忽然被人拍了下肩膀，手很重，拍得她差点儿叫出声。

转过头，是小孙骑着个破摩托车立在逆光处，头上缠着昨晚裹好的纱布，眼部还在微微渗血，看不清神情，反正他一向也没啥神情。

小孙说："哎！田小心！"

一个可以被叫作小甜心的名字。

小孙又说："要不要一起吃个早饭去？"

3

"真看不出来，你早饭吃得还挺讲究。"田小心看着小孙连跑了三趟才把一顿早饭搬全。南城是个繁忙的城市，已经很少有人坐在铺子里吃一顿丰盛的早饭了，大多数上班族都是在这个时刻行色匆匆地打包离开。

小孙像没听到一样，把几样茶点和粥摆好，丢了双筷子给田小心。他说："吃吧！"

"哦。"

还以为小孙请她吃早饭是良心发现，是被自己高尚的医德和高超医术感动了，结果对方全程无语，甚至都没正眼看她。小孙安静有序地吃了个鸡蛋、喝了碗粥，之后就点起一支烟，对着街景耍酷了。

桌子上摆满了各式各样的茶点，分量极足，明显不是一人量。田小心觉得自己也是蛮拼的，努力每一样都吃了点儿，实在是吃不动了，也耐不住这顿奇葩早饭中的沉默了，她本来也不是一个喜欢沉默的人。

"你不吃了吗？"田小心说。

"不吃了。"小孙说。

"你吃这么少！"

“我是拳击手，”小孙看了她一眼，“我得注意食物摄取。”

“你快算了吧。”田小心无语道，“你一天一包烟，打拳不要命，有伤不去治，怎么就在吃早饭上这么健康了？别装了，医生告诉你，早饭吃多点儿没关系的。来！把这个包子吃了！”

小孙看着田小心把包子丢在自己盘子里，灭掉了烟，说：“我开玩笑的。”

“啥？”

小孙说：“我平时从来不吃早饭。”

田小心有点儿服，“那你叫我来这里干吗？”

“请你吃啊。”小孙说，“你也不吃早饭吗？”

“我吃……不过……确实也很少吃这么多。”

田小心露出一脸难色，小孙也微微地笑了笑。

“你不是南城人吧？”小孙说，“我听你口音像外地的。”

“嗯。”田小心点点头，“我来这里读书的。咦？原来我有口音啊，我以为我是标准普通话呢。”

“还行吧。”小孙说。

小孙看了看这条深深的窄巷子，从这里穿过去就是商业街，有地铁，坐几站就是林立的写字楼，所以不少白领会路过这里。

“这里以前是南城的中心区，”小孙说，“后来，城市规划变了，那边修了商业区，这里就边缘化了。不过早餐茶点还是最正宗的，据说这家店开了好几十年了，你来南城应该试试这里的东西。”

“是吗？”小孙忽然很正经地当起了导游，还一下子说了这么多话，让田小心很不适应，一时不知如何往下聊了。这是打算话家常的节奏吗？可小孙明显不是那种人啊，“看来你对南城很熟啊。”

“我大概八九岁时来的这里。”小孙说。这应该是一个故事开头的叙述，但他没再继续了。真是个怪人！这让打算倾听的田小心再次无语，她也只好很有礼貌地接了一句：“哦。”

好冷的聊天场面。

田小心觉得跟小孙这种人实在很难做朋友，对方看起来酷转暴躁。仔细想想，他也没做什么，但就是给人阴晴不定、难以捉摸的感觉。比如说，现在他又磕着烟嘴开始抽烟了。

小孙抽着第二支烟，田小心又在打哈欠了。

小孙看了看她，问：“你一般白天做什么？”

“上课啊。”

“白天上课，晚上打工？”

“对呀。”田小心笑了下，“勤勤恳恳。”

“每天都上课？”小孙完全没打算接上这句。

“也不是。”田小心说，“周三和周五上午都没课，可以睡懒觉。”

“今天就是周五。”小孙说。

“对，一会儿就回去补觉了。”田小心想到这里又开心了些。

小孙吸着烟，面无表情地打量了她一会儿，没说话。

抽完第二支烟，小孙动作麻利地去要了两个餐盒，把桌子上剩余的茶点都打包好，然后跟田小心说："走吧。"

小孙发动了他的摩托车，自然而然地对田小心说："坐上来吧，脚镫坏了，别的没事。"

田小心立在原地沉默了五秒才意识到小孙是要送她回去，登时觉得这也有点儿太那个啥了。小孙的摩托车虽然看起来酷炫，实则陈旧破败，连左脚的脚镫子都没了，和他本人风格雷同，都不是田小心乐于接受的款。

"呃……不用了吧。"她连忙推辞，"没事，我离得不远，也不着急，走着回去就行了。"

"你不是着急回去补觉吗？"小孙说，"我送你吧，算是感谢你给我当枕头。"

终于把这句话讲出来了。虽然认识小孙没多久，但田小心觉得还挺难能可贵的，她略带嫌弃地看了看小孙的摩托车，说了句："好吧！"便鼓足勇气坐了上去。左脚没镫子，右脚还没蹬好，整个人就跟着摩托车风驰电掣地飞了出去。

南山南离田小心的学校并不远，田小心在小孙身后大声说着地址，指着路，十五分钟不到，她就被蓬头垢面地放在了学校门口。

她是一头长发，一路狂驰后的效果有点儿逗。

"小孙，你摩托车的镫子都是让你给摔没的吧。"田小心说，

"以及，你骑车太快了！"

"还行吧。"小孙看了下表，"并不是很快，我考虑到带着你呢。"

田小心无语了，"好吧，下回让我试试很快时候的速度吧。"

"可以。"小孙说。

田小心内心翻了个白眼，"那我先走了，谢啦！"

"嗯。"

她走了两步又被小孙叫了回来，对方阴魂不散地把打包的茶点塞给了她，"留着中午吃吧。"继而扬长而去，只留下一个酷炫的背影。

真是个怪人。

田小心拎着怪人给打包的茶点，顶着怪人飞车造成的蓬乱发型回到了宿舍，困倦地一头倒下，睡得像是被关进棺材的吸血鬼。

田小心梦见和小孙一起去吃早饭，吃完一个包子，盘子上又出现了一个，吃完一个又出现一个，永远也吃不完，急得她一头汗。而小孙则一直抽烟，最后把自己点着了，然后逐渐烧没了。田小心围着他扑火，可着急了，一边扑火一边跟小孙说："老孙！大孙！小孙！小孙！快起来！快起来！"

真是一个凶残焦虑的梦，以至于她醒过来时身上都是汗。

小孙活得很不健康，有一种自毁感。他天然地带着一种焦灼危险的气息，这让田小心有些焦虑，她也不懂为什么。昨晚的好人好事和今早的早饭飞车，并不是她常规的生活。

田小心来南城读医学院，是个艰难的选择。她家境并不宽裕，学费和生活费都得靠自己打拼，她也是几经纠结，才跑来这里学医的。有好处，觉得生活简单有奔头；坏处当然也大大的有，很多很多的生存压力扑面而来。

就算如此，她也不是个经常焦虑的人，直到认识了小孙。

那天晚上，她走出校门准备去南山南上班，发现小孙和破摩托车停在校园门口，对方一如既往地抽着烟，不知看着什么地方，脸上的伤没好，但是却把眼睛上的纱布拿掉了。

小孙看到田小心出来了，就跟她挥了下手，做打招呼状，并且从身后拿出了一顶摩托车头盔丢给了她，像把筷子和包子丢给她一样的随便。

4

也不知何故，变成了这个样子。

小孙每天都来接她上班，有时候一起吃早饭，并送她回学校。

田小心觉得很诡异，但是对方长着一张“你不会拒绝我”的迟钝无知脸。当然，小孙在第三次来找她的时候，就已经给摩托车装了脚镫子，表示了一点儿会对田小心的安全负责的诚意。

“哎！你是怎么个意思，干吗这么好，每天都来接我上班？”

“我一直就是个好人。”小孙说。

“那你要不要好人做到底，把上晚班的传达室大叔也送回家？”

“可以。”小孙说。

田小心无言以对，懒得理他。

看田小心懒得理他了，他又凑过来问一些无聊的问题。

两个人的下班时间都是在凌晨一点左右，用田小心的话讲，“每天这个时间下班，最好的睡眠时间都错过了。”

小孙若有所思了一会儿，很有心得地问她：“你是要睡美容觉吗？”

田小心真想用手里的头盔砸他，“我一脸胶原蛋白睡什么美容觉！你到底懂不懂，晚上十一点到一点这段时间的睡眠是人体最需要的，排毒、养肝，不只是为了美容。你当运动员的时候有没有接受过健康教育啊？”

“没有。”小孙很老实地回答。

田小心无奈，不太想跟他聊天了。可小孙被揍得鼻青脸肿，每天还陪她一起走出南山南，送她回学校，她也不好太凶神恶煞，况且小孙虽然不是那么好聊，但偶尔还是很有趣的。

比如，说完了美容觉的问题，小孙又问：“哎，吃包子去吗？”

“不吃！”

“那喝点儿啤酒吧！”

“现在吗？现在已经凌晨一点了，小孙老师。”

“凌晨一点正是喝啤酒的好时候。”小孙说。

田小心嘴还没张开，小孙又说：“既然都错过美容觉了，不如喝点儿啤酒来养生吧。”

快忘了美容觉吧，田小心翻了个白眼。

“喝啤酒哪里养生？”她很快抓住了另外一个重点，“而且你一会儿要酒驾吗？”

“你想得太多了。”

经过一番不切实际的担忧，田小心还是和小孙坐到了一个奇怪的路边摊上，撸串喝啤酒。虽然世界环境在变，阶级体系在变，但人类的食物还是不变的丰盛。他们常常光顾的路边摊居然真的有卖包子的，从早卖到晚。小孙经常买这里的食物充饥，影响得田小心也开始相信路边摊的品位了。

小孙买了一口袋包子放在田小心面前。

田小心吃了两口，“你为什么总是喜欢买包子吃？小孙，说起来，你喜欢吃什么东西？”

“没什么特别的。”

“那干吗总喜欢买包子？”

小孙想了下，说：“我以前的女朋友很喜欢吃包子。”

忽然之间，天昏地暗，好像聚光灯一下子打到了小孙头顶，有故事的人突然展开了一个叙事切口，这让正在吃包子的田小心差点儿噎着。她和小孙的确在近期相谈甚欢、愉悦相伴，可是依然半点儿没涉及彼此的生活。开始她觉得自己没兴趣，和这个怪人也没必要成为亲密朋友，可随着一起吃早饭、晚饭、夜宵的次数的增多，多多少少产生了好奇心。到了此时此刻，在小孙提到了“前女友”后，田小心才意识到这个好奇心到底有多强烈。

她奋力把包子咽了下去，抬起头看着小孙，两个人对视了几秒，仿佛交换着什么讯息。

田小心说：“第一次听你提私事。”

“前女友不算私事。”

“那算什么？”

“算过去式。”小孙说。

“哦……”田小心说，“都过去式了，还来吃她喜欢的东西？”

“因为南山南附近只有这家路边摊是开整夜的。”小孙依然回答得无比老实，“况且，的确很好吃，我看你也没少吃。”

“是还不错。”田小心说。

“那就多吃点儿。”

“哦。”田小心又“哦”了一声，低头夹了个包子，小孙也夹了一个，两人无言地吃掉。田小心说：“这就没了？”

“什么没了？”

"关于你前女友啊。"田小心笑起来，眼睛弯弯的，"我以为你开了个头，打算给我讲讲你过去的事呢。"

小孙居然又一次认真地想了想，他没什么表情，但每次认真思考的时候都让田小心以为他要讲出点儿什么，然后，小孙说："嗯……她也很喜欢睡美容觉。"

田小心同情对方失恋、失业、失掉好人生的心一下子又沉了，她希望小孙最好吃包子被噎死。

5

两个人随便地吃了一顿包子，田小心希望小孙被包子噎死的愿望没有实现，小孙安然地塞完了所有的包子，像往常一样站起来说："走吧，送你回学校。"

"哦。"

田小心对于小孙的认识是多么的迷离曲折！从开始的一个神秘拳手到一个神经病的认识够跌宕起伏了，到了今天，居然和这个没事装酷的神经病变成了一起吃包子的朋友，简直不可思议。

"上车吧。"小孙招呼她。

"你又要风驰电掣地开回学校了？"田小心问。

"哦，那就慢点儿开回去。"

"喂喂。"

“嗯？”

“你看今天夜色还不错，不如我们溜达回去。”

“夜色？”小孙侧脸看了看周围。快进入2070年了，污染达到了非常严重的程度，哪有天色、夜色和景色可言，能看到的就是昏黄的、非常有后工业时代特色的路灯整齐地排排站。难得的是小孙没有反驳她，而是稍微愣了会儿，像是在思虑什么。

田小心说完觉得哪里怪怪的，她又想往回说，因为她看到小孙已经骑上了摩托车，“那个什么……你要是着急，还是赶紧开车送我吧。”

小孙踩了两下摩托车镫子，似乎是在磨蹭着什么。他的这种难能可贵的磨蹭让他散发着一种“我有点儿不好意思呀”的“娘炮”气质，田小心虎躯一震。

接着小孙很随和地说：“哦，不着急，我的车反正也坏了，我们走回去吧。”

“什么？车坏了？什么时候坏的？”田小心惊了，“刚刚不是好好的吗？”

“就是坏了。”小孙说，“所以，我陪你走回去。”

真是个怪人。

田小心有点儿摸不清他的逻辑，不过又觉得惴惴不安的心莫名地放下了。坐着他的摩托车回学校和两个人在这污染严重的破夜色中走回去，意义可是不同的。

沿着南城的街道慢慢走，一路无语。

也是奇怪，平时坐在风驰电掣的摩托车上的田小心总是话很多，大声吼着小孙这个不行、那个不对，现在安安静静地走着，却不知道要说些什么。

田小心从不善于和自闭症患者交流，她本来也不是个爱讲话的人。不过到底图什么，要和小孙走回去呢？

她仔细思考了下，就说："哎！你……以前的女朋友什么样子啊？"

"嗯？"小孙侧头看了她一眼，"问这个干吗？"

"闲着也是闲着，随便聊聊呗，"田小心理直气壮，"顺着你刚才的话聊呗。"

小孙想了下说："她比你高一点儿、瘦一点儿、白一点儿……"

"打住！不聊这个了！"田小心打断了他。

小孙说了声"哦"，陪着气冲冲的田小心继续走。

"那为什么分手呢？"田小心翻着白眼想，既然那么高、那么瘦、那么白。

小孙想了想，又想了想，"嗯……我们在一起一年多了……然后……"

又是一个很长的故事的开头，田小心振奋精神，侧耳倾听。

"那年，她过生日的时候，我就问她想要什么礼物，她说她不在乎什么礼物，让我不用费心，只要来参加她的生日party就行了。”

“哦，然后呢？”

“然后我就去参加了她的生日party，没有买礼物。再然后，她不知为什么就很生气，她说我很幼稚，很‘中二’，永远不会替别人着想。”

“然后呢……”

“然后她就跟我分手了，我也不懂。”

……

田小心本来已经做好听一场旷世奇恋的准备。你知道，孙俊老师长得如此酷炫，又有着累累伤痕，平时说话只会蹦单音词，感觉应该有一段刻骨铭心、可以在露天电影院观摩的爱情故事，结果他简单而面无表情地讲完了，没有了下文。

空中有乌鸦飞过，田小心安静了五秒，放声大笑。

“哈哈哈哈哈哈哈哈哈哈……好惨啊！”

“既然好惨，你为什么笑得这么大声？”

“哈哈哈哈哈哈哈哈哈……你为什么不给人家买生日礼物啊？”

“她自己说不要的呀。”

“女孩子就是口是心非啊！”

“我不是很懂女孩子。”小孙老实地说。

“可她是你女朋友呀。”

“所以呢？”

“女朋友就是喜欢你呀！因为喜欢你，所以你得明白她说不想要的时候，你就要使劲儿买买买，使劲儿送送送；她说不喜欢你，就是喜欢你；她说分手，就是要你求她原谅啊……”田小心明明没谈过恋爱，此时却说得很来劲，她当然也搞不清楚这是不是真的。

小孙想了会儿，微微皱了下眉：“哎，少点儿套路不好吗？”

“哈哈哈哈哈哈哈哈……”

小孙继续面无表情地推着破摩托车吱呀吱呀地走，大概看田小心笑了半分钟了，才好心地劝她：“可以了吧？有那么逗吗？”

“其实呢，故事还是挺惨的，但不知为何你讲出来这么好笑。”

“呵呵，最惨的悲剧就是喜剧嘛。”小孙说。

“你刚才说了一句很有水平的话。”

“嗯，偶尔我也是很有深度的。”

“小孙，你今天很搞笑呀。”田小心忽然跳到他身边拍了拍。

“还好吧，你开心就好。”

两个人走了大概两个小时，终于慢吞吞地走到田小心的校门口了。田小心想，自己今天在社交软件上的运动步数一定名列前茅了。

一路上，她和自闭症拳击手小孙聊完了与前女友的“旷世奇恋”，又聊了许多小孙和自己的过去。他是从外地来这儿打工的，后来做了运动员，本来是名很成功的运动员，却因为卷入一些奇怪的黑市赛而一蹶不振。人生真的有好多一蹶不振的借口，可是小孙不像是需要借口的人，他只是毫无理由地往前走着，自毁也不自知的样子。

走到了学校门口，夜色还是一如既往。

田小心说："我们真的走了好远的路啊。"

"只有三公里，没有很远。"

"好吧，反正挺辛苦啦。"田小心说，"我要回去睡觉了。"

"嗯。"

田小心看看小孙，又看看天空，她觉得这会儿太阳要是升起来就好了，这样还可以多一个话题跟自闭症患者聊一下，不过四周黑洞洞的，这个污染严重的城市令人看不清未来。

"那晚安喽。"

"哎！"小孙忽然想起，"你前几天说你要期末考试，准备休息两周？"

"是呀，你这两周要记得注意身体。"

"那你要不要做我女朋友？"

如果田小心在喝水的话，此时此刻应该会喷小孙一脸。她真想有一瓶水作为道具，否则无法表达此时此刻的惊愕，到底上一句和下一句的关系是什么？！

"什么？"

"你要不要做我女朋友？"小孙说，"反正你也单身，我也单身。"

"我们彼此单身就是理由了吗？"田小心忍不住接着他的话茬儿

往下聊，“再说，你不是有比我瘦、比我高、比我白的前女友吗？”

“我说了，那是过去式。”

田小心沉默了，她开始有些恍惚，好像被表白得有些突然，尤其是被一个自闭症患者。还以为他永远都不会坦白地讲话，不过此时此刻又好像太坦白了。可这有什么突然的呢，一个后工业时代、没啥人情味的城市，她陪他吃了几次包子，他风雨无阻地骑着摩托车送她回了几次学校，好像应该顺其自然的。况且，此时此刻，她的心确实跳如鼓点，简直需要一首摇滚乐来搭配了。

“其实，我真的没考虑过这个问题。”吭哧了好几秒，田小心还是说出了一句很㞞的话，说完后，她也很想抽自己。

小孙说：“那你现在考虑一下吧。”

田小心说：“哎，现在是大夜里啊！”

“你不是说了今天夜色很好吗？”

确实无言以对。

田小心说：“干吗要今天跟我说呢？”

“因为你要去期末考试了，我不想等到两周后再说。”

田小心周身散发着无奈，“那……我可以考虑到两周之后再说吧？”

“可以。”

小孙脸上没什么表情，他听完这句话，摆出一副“公平公正”的表情，“那你就考虑两周吧。”

“哦……好。”

“我先走了，晚安！”小孙颔首，一脸冷酷，他推起他的摩托车骑了上去。

发动车的时候，田小心忽然问：“你的车不是坏了吗？”

小孙嘘了口气，“哎，你是傻吗？我是为了陪你走回来才说我的车子坏了的。”

田小心心想，也不知道是谁傻！她赶快鼓掌，“你的戏真好，我都没看出来呢。”

小孙觉得她很无聊，就摆摆手走掉了。他发动车的样子还是心无旁骛，好像一点儿也没有忐忑不安。有时候他冷酷得像个机器人，但有时候又说不出哪里很温暖，总之是个怪人。

田小心看着小孙走了，站在学校门口脑补了很多，她觉得他一定在拐过去的那个路口因为过分紧张而摔跤；他一定会在这两周的时间里因为见不到自己而辗转反侧；他一定坐在街口的小吃铺，吃不下包子，只能吃煎饼果子……

她想到这些，就笑了起来。她觉得心里被装得满满的，甚至有一点点想哭。

回到宿舍，她收到了小孙的语音消息。

“到宿舍了吗？”

“当然了，从校门口走到宿舍只需要三分钟呀。”

“好。”

“你呢，你到了吗？”田小心想了想，给小孙回道。

“还没。一会儿就到。”

“哦。”田小心说，“你在开车吗？”

“嗯。在用耳机，你闷的话可以聊天。”

“喂，是你闷了吧？”

“你也可以这么理解。”小孙说。

田小心不知为何扑哧地笑了起来，她坐到床上，捧着手机想了想，“那要不，聊两块五毛钱？”

“可以啊，聊五块钱都行。”

小孙说完话，就把电话打了进来。他应该在风驰电掣地开车，把耳机戴在头盔里，能够轻微地听到一点点风沙沙吹过的声音。

“嘻嘻，你还真的打过来了？”田小心说。

“嗯。你想聊什么？”小孙问。

“聊……聊你开到哪里了。”田小心无聊地抛出了一个话题。

“你还是聊点儿别的吧。”

“那……我想知道，你……为什么要我做你女朋友？我……又不漂亮，又不聪明。”

“你挺漂亮的。”小孙似乎考虑了下才说，“应该也不傻吧，都考上医学院了。”

田小心完全忽略了后面这句实在话，只对“你挺漂亮”这四个字心驰神往，愉悦不已。无论世界怎么变，女人的心境倒是永恒不变的嘛。

田小心无比开心地大笑了起来。

这是个末世，地球人都忙着制造假的器官，制造新的“人造人”，重塑好的基因，挖掘新的移民处……每个生而为人的人类都不知道自己的前途在哪里。但末世还是有小快乐的，就在此时此刻，有个怪怪的人在风驰电掣中给田小心打电话，他想她做他的女朋友，他觉得她很漂亮。

第二天晨光初现的时候，小孙收到了田小心的一条讯息：

小孙，我是田小心，我决定做你的女朋友了。PS：我的生日是8月19日，我希望到时候你会送我生日礼物，最好是一副拳击手套和一场拳台上的胜利。我这么直接、好沟通，是不是你遇到的最好的女生呀？

小孙坐在他的衣柜边，嘘了口气。他今天有训练，一般不迟到，不过不知为什么，今天感觉格外放松，他靠在柜子边好好地睡了一觉，没有吃药和喝酒。

他睡着之前，给田小心回了两个字：

是呀！

6

田小心的期末考试考得马马虎虎，她本来也不是个很专注的人，何况生活除了学习和打工，还有了别的寄托。

拳击手小孙减少了训练和比赛，兢兢业业地等她上下学和上下班。大概是上场的次数少了，他身上的伤也明显减少了，尽管依然不肯去医院做彻底检查，但经过田小心的检查，他好像也没什么大碍了。

他们每天会走很远的路，去很远的地方吃东西，然后再很无聊地走回来。2069年，确实没什么娱乐设施，没有KTV、没有电影院、没有游乐场……那些坐在海盗船上彼此拥抱尖叫着的爱情故事是上个世纪的传说。

他们会聊一些以前从没聊过的话题。

“哎，你今后想做什么？”

“今后？”面对田小心突如其来的问题，小孙总是有些蒙，“今后继续做拳击手。”

“做黑市拳击手有什么前途呢？”

“赚钱吃饭而已，哪有什么前途。”

“前途并不是有所成就，前途是稳中有升，前途是知道自己要做什么。”

小孙表示听不懂她在说什么，不过他最近也培养了一定的情商，他说：“你今后想做什么？”

“我学医的，今后就做医生，这不是顺理成章的嘛。”

“我从小就练搏击，继续做拳击手也是顺理成章。”

田小心只是一个还没毕业的大学生，她也并不乐于把一段关系轻而易举地提升到一起考虑未来的程度，可是真正在一起了，她开始无可避免地操心起小孙的拳头、骨头和伤痕。有时候，她自己都不明白，为什么会以一种忧心忡忡的态度看着他。当然，有时候，她还是想，不再去特别筹划两个人的未来，只要现在好就行。

他们现在是好的，住在一间小破出租屋里，就在南山南和学校中间，可以走路行进到两点中的任何一点。出租屋的厕所经常坏掉，好在田小心可以去宿舍，小孙可以去南山南。活着总能凑合，不苛求最好。

两个人就这样谈着莫名恩爱的恋爱，似乎没有什么未来。小孙继续当着拳击手，履行着和南山南的合约，每月拿一些钱交房租，给田小心买零食，他买了许多薯片和可乐塞在冰箱里，偶尔也会买冰激凌回来。他说，他在计算田小心吃零食的频率和长胖的速度。田小心觉得他有点儿讨厌。

刚开始，他的每场比赛田小心都会去看。小孙是南山南的常驻拳手，基本负责输比赛，到现在为止，没有赢过一场，只是有时候伤得轻点儿，有时候需要伤得重一点儿。

田小心以前觉得小孙没有打拳天赋，但做了他的女朋友后，却觉得眼前的他焕发了英雄色彩。爆发了少女心的田小心正式变成了小甜心，经常一个人乐此不疲地在台下为他叫好。

就算是输了比赛，她都觉得他帅如天神，总想着他终归能赢上一场。

虽然说有钱赚、有房子住、有零食吃和有人陪伴，但小孙的陈年旧伤和坚持不治疗的态度，让他的身体每况愈下，也让他们的关系充满忧虑。每次小孙打完比赛，都要在南山南的休息室或出租屋的卫生间好生挣扎一番，有时候是田小心帮他擦拭伤口，有时候是他自己不知道在鼓捣什么。

小孙很耐疼，他好像天生痛感迟钝，就算骨折或者脱臼，在整个治疗过程中，他都可以做到面无表情。他的器官多有损伤，晚上经常会咳嗽，咳到中间会去卫生间呕吐。田小心经常蹲在卫生间门口陪他，感觉自己好像陪孕的太太，这样想的时候也觉得自己果然是心太大。

“哎，小孙呀，我们去医院做个检查吧？”田小心说。

“医院？”小孙看了她一眼，“为什么？”

“感觉你的伤很严重，我第一次帮你包扎的时候就说一定有内出血，去医院拍个片子比较好。”

“我从来不去医院的。”

“为什么？”田小心说。

小孙耸耸肩，“不知道，我就是不喜欢去医院。”

田小心心想，我可是个医生，居然在我面前说不喜欢去医院，这理由未免也太任性了吧。

小孙又接着说了一句：“不用担心，其实拳击手大多数都是这样的。”他硬撑着坐到旁边的椅子上，“每个人都受过很重的伤，退役之后再安心休养，最后都会好的。”

“所以……你认识的拳击手都是这样退役的吗？”田小心问。

“我不认识什么拳击手，”小孙说，“我在这个圈子没什么朋友。”

“我都忘了你是自闭症患者了。”田小心忍不住吐槽了他一句，“可是你现在有我了，有女朋友了呀，不该改变下生活方式吗？”

小孙的表情有些莫名，也有些茫然，但他基本上还是没什么表情，只是单纯地看着田小心。在田小心期待的目光下，小孙轻轻地说：“去睡觉吧，你明天还有课。”

这样的日子默默地持续着，田小心努力放宽心地期待着小孙还清债务的退役之日，但又总在噩梦里惊醒。惊醒时她常看到小孙坐在卫生间门口的椅子上，一动不动地发呆，他好像在休息，他有无法治愈的失眠症。

慢慢地，田小心不喜欢去看小孙的比赛了。在梦里，她依然觉得他帅如天神，她梦到他赢了比赛，他们牵手回家。

7

转眼间，就这样吭吭哧哧地过了好几个月。

冬天的出租屋，暖气居然烧得还不错。

也因为如此，他们不太常出去约会了。这个冬天里，情侣最常做的事情是坐在床上，吃垃圾食品，看房东留下的一台上个世纪的破电视机里播放的节目。因为电视机太破，凡是收费的综艺都看不到，只有一些负能量爆棚的新闻一而再再而三地继续着。

新闻上经常说自从2028年的强地震和污染后，地球已经逐渐进入末世，所有的自然功能都在退化，所有的制度都在遭受质疑，人类的未来也在恍惚中无法拿捏。活在末世的这一代人大多很消极，田小心和孙俊都是如此，只是想找到一个空间活下去，何苦想那么远的未来呢！

未来，未来人类会越来越少。政府启动了机器人计划、镜像人计划，哦对，虽然镜像计划现在暂停了，但制造出的那一批镜像人，大概会取代一大部分真正的人类。

是的，因为污染和环境问题，2030年后的人类寿命在逐渐缩短，所以政府对干细胞、再造细胞和改造人的研究一直在孜孜不倦地继续着。2025年，政府进行了一系列基因优化人的制造，这个计划被称为“镜像计划”。首批镜像人的出现曾因为各式各样的原因备受争议，一度中止。一个从胚胎时期就开始阶级歧视的时代，还会好吗？

2056年，镜像计划再次启动，保密研制第二代镜像人，仍然备受争议……

“唉，说实话，我觉得第二代镜像人的研究还是应该的，毕竟改造人使用的干细胞技术还是很有价值的。”有时候田小心吃着薯片、喝着碳酸饮料，看到相关语焉不详的新闻，也会跟拳击手男朋友念念叨叨，“虽说我没见过第二代镜像人，但据说那一批镜像人都是使用干细胞技术去修复濒死人类的破损细胞，重新激活一个人的。虽说激活的这个人和以前的那个人毫无关系，但至少为地球多输出了一个生命体啊。比如说你吧，全身上下都是伤，如果可以用干细胞修复下，就会焕然一新了。”

“哦。”小孙在玩游戏。

“哎，有没有在听啊？”

“有。镜像人啊，改造修复嘛。”

“所以呢，你怎么看？”田小心摇晃他。

“呃……我觉得……”小孙被逼无奈，抬起头，“不如睡美容觉管用吧。”

田小心想把薯片吐他一脸，“你能不能忘了美容觉啊，在正经说医学话题呢！”

“好吧，我以为干细胞一般是美容的。”小孙说，“那你好好研究下吧。”

“我有好好研究。”田小心摆出我也很专业的样子，“以后你真的被打成肉泥了，就改造你。”

小孙稍微愣了下，侧头看了她一眼，没说话。

他保持没说话的姿势大概五秒，又侧头说：“哎，如果有一天我的一切都坏掉了，你用干细胞修复了我，那我还是当初那个我吗？”

“你不是了……”

“那被修复和改造了的我对你还有什么意义呢？”

“唔……你忽然提出了一个很哲学的问题。”

“确实。”

“我没想过这个问题。”田小心说，“可是，你忽然这么问，我觉得……”

“嗯？”

“我希望你能一直很好，不要坏掉，一直都是现在的你，好不好？”田小心说。她想她此时的表情一定天真无比，对得起她“小甜心”的别名，因为她觉得小孙的表情有一点点软掉。

那天，小孙维持那个坍塌的表情很久，像要维持到天长地久。那一刻，他永远的面无表情里种着很多即将发芽的东西，好像这些发芽的东西上也坠着即将滴落的露水。

田小心没有读懂他那时表情里的含义，她只觉得他很感动吧，这个奇怪的冷酷的家伙也有柔软的时候。她想对他笑，她确实希望他不要坏掉，一直都是现在的他。

于是她在沉默里又追问了一句："好不好？"

"好啊。"小孙说。

"以后不去打黑市拳，也不靠输比赛赚钱了，这样就不会坏掉了。"田小心说。

小孙望着她，眼神里不知为何有点儿慈悲。田小心不知道小孙以前的亲人、女友是否质疑过他的生活方式，她一度想做一个不去质疑对方生活方式的女朋友，毕竟，去日苦多的时代，大家本来都是有一天过一天，但和小孙在一起后的每一天，她都无法控制地质疑他的生活方式和伤口，她想她是恐惧有过他、却最终回归孤独的日子。

"那我去做点儿什么好呢？"

那天，她第一次如此认真地提议，对方也是如此认真，甚至有些反常地眼露悲伤，她想他们离治愈彼此越来越近了。

"不如去考个健身教练证吧，"田小心拍拍他，"帮人减肥，练练马甲线。"她一下子觉得这件事特别可行，差点儿跳起来。只是随口一提的计划，就可以让她想到美好的将来。

“健身教练？”小孙面无表情的脸上好像又飘来了一点儿不屑。

“你知道啦，现在这个时代，车手、生物学和健康学是最受欢迎的。”

“拳击手也很受欢迎。”

“但是死得也快啊。”

小孙讪笑了三秒，“你知道我为了你已经在减少参赛的次数了，不过大家总要生活嘛，总要吃包子是不是？”他安静地说，突如其来地保持着微笑。

“但是……”

“等这半年的比赛结束，我就辞掉拳馆的工作，去考健身教练证。”小孙打断了她，“了结了半年的比赛，至少可以支撑一段时间，再慢慢考健身教练证吧。那是个啥证，好考吗？”

小孙是个常年面瘫的冷酷型拳击手，他有很多过去的故事和伤痕，但他很少和田小心说。田小心总觉得他和她之间隔着一片大海，她能想象他在海的那头的战斗和挣扎，却永远无法参与其中，也因为如此，她从来不觉得两个人会有一个长久的、美满的结果。可是那一天，她第一次觉得，也第一次渴望，他们会有一个美好的未来。

小孙说完了，又看了看田小心，田小心近乎热泪盈眶地看着他。小孙琢磨了下，又补充了一句：“说到健身，你是不是也应该别再吃薯片和碳酸饮料了……要不然，体重增长了，不要跟我哭……”

田小心扑过去抱住他，她手里还握着薯片，感觉薯片都被捏碎贴在了小孙的身上。

“哎……不要把薯片蹭到我身上吧。”小孙默默地说。

“忽然好想哭啊，怎么办？”

“超重了？”

田小心发出扑哧的笑声，觉得自己蠢透了。

她觉得自己蠢透了，也觉得好像真的找到了爱上一个人的理由。

8

田小心翘首企盼小孙能够退役成功，她甚至真的去找一些健身房的招聘简章。因为人类的身体每况愈下，很多健身工作室演变成了第二个“医院”。普通人怀着绝望之心跑去健身工作室找私教来解决许多医生无法解决的病状，希望能够让身体不再孱弱，呼吸不再糟糕，衰老不再加快。

不过，健身房好像也是伪科学的。

小孙似乎真的很有诚意和田小心展开未来，他看着对方拿回来的各种招聘简章后，勉为其难地去健身工作室应聘了。

两个人裹着羽绒服在没有雪的冬天，手牵手走遍了这个城市的健身中心。

小孙的履历和条件不错：优秀的职业拳击手，因伤退役；在拳场工作，当过代打，也当过陪练；读过几年书，肌肉好，长得帅，适合工作室的初级教练职位。不过应聘也是困难重重，他伤痕累累，看上去不太健康，说白了是个打黑市拳的，总让人联想到高利贷和不良买卖，高级的会所看了他的面相和现职工作后，就统统不收留了。

不过，小孙看起来倒是不气馁、不焦虑，他依然平静地挨个儿面试。有一天，田小心陪他去了一家高级健身工作室，里面不少有钱人。她没想过小孙能否被录取，只是抱着试试看的心理，“反正去面试一家薪水高的总没错。”

这家工作室的老板姓元，叫元宝，也不知是真名还是花名，但和名字相符的是他的气质，比起南山南的阴戾冷静，元宝和他的阳光健身工作，还真是元气满满，活力十足。他让小孙教他打了几套拳，又在场地上做了几个攻击性动作，考查和面试的时间很短，似乎已经有了决定。

“挺好挺好。”元宝说，“现在很多客户，尤其是那些‘富二代’，格外喜欢练自由搏击、拳击、柔道术，你都会吧？”

“嗯。”小孙说。

“真的都会吗？巴西柔术？”

“都会。”小孙说。

“那行，就你了。”元宝拍板决定，“后天来上班吧！”

喜讯来得过分突然，导致两个人莫名地沉默了几秒。田小心问了三声“真的吗？真的吗？真的吗？”随即不等回答，就开心地小小跳了一下，少女一样地抱住了小孙。她攀住小孙的脖子，把脸埋到他脖子旁边。她感觉对方也轻巧地抱住了自己，但小孙并没有说话，也没有笑，他总是那么酷，永远活得毫无情绪。

田小心觉得自己站在了幸福的旁边，被强烈的被承诺、被保护的荷尔蒙冲昏了头脑，期待着两个人美好、稳定的人生，她感觉自己忽略了关于小孙的很多事情。

面试完毕，小孙去更衣间换便装去了。

元宝老板则忙着给小孙准备工作卡和工作服，喜滋滋的，仿佛好久没招到过人了。

田小心都看不下去了，“谢谢老板，不过你也太草率了吧？”

“哪里草率了？”元宝老板表示不解，“简历也看了，也看过动作了，为什么不呢？”

“呃……”田小心挠挠头，“可是到其他健身房面试都被拒了，我还以为你也会嫌弃呢。”

“哈哈。”元宝咧开嘴笑了下，“那是他们都不懂他的价值，我第一眼就看出，他是个……”他刚要说出什么，却迟疑了下，“哦，忘了问你，你是他的……”他思考了下措辞，“朋友？或者说是工程师什么的？”

“工程师？”田小心以为自己听错了，“什么？”

元宝露出一点点疑惑，又上上下下地看了看田小心，“你不知道吗？”

“不知道什么？”田小心觉得对话莫名诡异了起来。

元宝的表情也莫名诡异起来。他谨慎地停了下来，看着田小心，好像觉得自己刚刚说的话有些唐突，神色也收敛了许多。

田小心看他没说话，就赶紧补充了一句：“我是他女朋友呀，陪他四处面试。”

“什么？！”如果元宝在喝水，一定会喷田小心一脸，他不可置信地吼出了一声，然后一脸茫然地看着田小心，“啥？女女女女朋友？不应该吧，难道你也是……”

田小心被这个健身房老板异常的反应搞得有些混乱，刚要张嘴问他，小孙已经从更衣间走出来了，他换上了白衬衫和牛仔裤，径直地走向田小心，“我们走吧。”他拉着田小心的手就要走。

田小心本想继续和元宝聊下，但小孙说他刚刚预定了路边烤串摊的座位，要早点儿过去。毕竟今天是高兴的事情当道，田小心也就心大地忘掉了刚才的事，开开心心地和小孙手拉手去撸串了。在污染严重的城市的路灯下，冻得哆哆嗦嗦地大笑着撸串，吃得肚皮饱满，间或喝点儿啤酒，说一些很污的笑话，交换若干唾液里的病菌，简称接吻。

田小心很开心，她觉得以前人生中的开心都不叫开心，和小孙在一起的时光才是开心。

小孙开始白天去健身房上班，晚上还是会去南山南打常规的比赛。他和南山南提出了辞职，代打到春天就结束。

那是个无比温暖的冬天，每一天的天气预报都在说城市干冷，温度降至零下10摄氏度，但田小心对那个冬天的印象只有温暖。她辞掉了南山南的工作，专心读书，准备大四的医院实习；下课后就去健身工作室等小孙下班，偶尔会在跑步机上跑跑步，更多的时候是开心地微笑，觉得看到了长长的未来。

冬天的时候，田小心写好了一份长长的攻略，想在第二年夏天时和小孙沿着公路来一次旅行。

从南城出发，一路向南，有一条长长的运输公路，很多快递员都会走那条公路，道路平坦。作为旅游似乎乏善可陈，但好就好在，那条路安静乏味，与世无争，好像顺着道路一直走，就能走到世界尽头。她想他们可以走到世界尽头，途经许多小径和风景，如果有惊喜，也算是不期而遇了。

田小心觉得遇到小孙就是一场惊喜，而他们俩理应走出南山南。

9

日子飘忽，如柳絮般地散落。

在暑假前，南山南的阿吉来找小孙，最近的账面不太好看，大概也是小孙打得越来越少、输得越来越不血腥，而小孙的合约还在有效期内，理论上需要帮助拳场赢钱。

黑市拳击手身上多少背负着重债和不公合约，田小心觉得小孙的神秘感也来自于此，她总觉得她应该帮他，但在这点上，她使不上力。

理论上，小孙此时已经有了稳定的健身教练工作，也有还不错的收入，但不知为什么，他还是答应了阿吉的要求。

他转头对田小心说，不用担心。但第二天，他就去打了一场血腥度200%的比赛。暑假前的比赛很密集，小孙又开始像欠了巨款一样地忙碌，像是急着把债务还清一样地努力参赛。但他的身体每况愈下，鼻青脸肿，甚至无法消除，左臂脱臼越来越严重。

白天，他还是像过去几个月一样，尽职尽责地去健身房教有钱的人们打拳和健身，只不过接到的投诉越来越多。小孙沉默寡言，本来也谈不上什么服务态度，而现在还带着一身一脸的伤，令健身房气氛压抑。

田小心并不开心，她每天都要和小孙吵上一架。所谓吵上一架一般都是她单方面怒吼，小孙沉默不语。他的沉默让田小心更生气了，愤怒得简直想离家出走。她觉得自己唠叨时候的样子很难看，到最后简直憎恨起自己来，从生气到伤心是多么微妙和矫情的体验！

有一天吵得急了，小孙忽然拎起地上的衣服，夺门而出，摔门的声音打断了田小心所谓的争吵。她气急败坏了一晚上，最终悻悻地睡了，虽然根本也睡不着。

田小心越想越生气，明明答应自己要走上正轨，做有前途的健身教练；和南山南的合约明明马上就要到期，拖到夏天就可以是自由人了，为什么还要这么拼命？问他到底欠了多少钱或者什么债，也不讲，根本不懂沟通为何物！根本不懂前途为何物！！根本不懂为两个人的未来着想！！！

田小心满心都是“哼”，摔摔打打地在门口转圈，等着小孙迷途知返，回来道歉，结果等到了晚上小孙也没见回来。

她忽然想起，小孙和那个又高又白又瘦的前女友分手的故事，想必小孙这辈子也不懂沟通和道歉为何物了吧？这么想来更无奈了。田小心左思右想，还是给小孙发了一条讯息，她说：“哎，快回来休息吧，不骂你了。”

小孙还是挺到了半夜才回来，田小心躺在床上装睡，听到小孙窸窸窣窣地提着塑料袋进门关门的声音。

田小心眯着眼睛悄悄看，小孙买了很多薯片和可乐，蹲在冰箱前，认真地、慢慢地摆进冰箱里。他走了很远的路，买了这堆无聊的垃圾食品，看起来那么无辜，田小心在心底叹了口气，像是吐出了烟圈。

看了一会儿，田小心从床上爬起来，走到小孙身后，用鳖脚的姿势抱住了他。

她总是无来由地心软，尤其对那些实验台上死掉的青蛙、考59

分的同桌、永远要一个人搬煤气罐的老大爷，以及看起来累得要死的小孙。

她又真正地叹了口气。

“你干吗买这么多垃圾食品啊？”她轻轻地说，“你都是健身教练了，还买这些高热量的东西……”

“你不是喜欢吃吗？”

“唔……也没那么喜欢啦。”田小心说。

“不喜欢还吃那么多……”

“我还是更喜欢吃包子……”田小心说，“你以前常带我去吃的包子。”

“现在也可以带你去。”小孙正经地说。

“唉……”田小心继续语焉不详地叹了口气，不知为何。

两个人靠在冰箱前沉默不语，直到小孙把可乐一听一听地摆放整齐。他还真买了不少回来，大概洗劫了整个超市吧。真是个蠢货，田小心想。

他们就地坐在冰箱旁边，搂在一起看着天花板发呆。

田小心问小孙：“问你个问题，你到底欠了南山南多少钱？”

小孙表情有点儿茫然，他坐靠着冰箱，居然不知如何回答这个问题。

“你不是说，合同到夏天就到期了吗？”田小心又问，“干吗这个时候还这么拼命呢？

“你做了好几个月的健身教练了，我们也攒了一些钱，干吗非要为南山南拼命呢？

“唔……小孙，你是不是想做职业拳击手呢？是不是不想做健身教练呢？如果想做拳击手，也不要打黑市拳呀。

“不想跟你吵架的，但你为什么不跟我聊聊呢？

“……”

田小心问了不少问题，小孙的表情却持续性地茫然。他眼神空洞，没有焦点，像是在记忆里搜寻答案，过了好久，田小心以为他不会回答了。

小孙说：“我不知道……”

“我不知道你过去发生过什么，欠了多少钱，每次问你，你都不肯说。”田小心说，“我不知道到底能不能帮到你……”

“我能解决的，你不用想太多。”小孙摸了摸她的头，“我和南山南的纠葛太久远了，不知道该怎么跟你说。你只要知道，从现在开始，我每个月会缩减三到五场比赛，一直延续到夏天结束，到时候你也正式毕业了。”

他迟疑了几秒，“其实，我没有买保险，也没有本城的户口，我去医院看病真的很贵。等到以后，我还清了欠款，有了自己的身份和保险的时候，一切也都来得及。到时候我们就能一直在一起了。”

他的声音变得很和缓，像是在哄田小心。

因为是靠在小孙身边，他显得格外高大，田小心必须要仰起头才能看到他的脸，但是即便是仰起头，也看不到他背光之下的表情。

“小孙，当初我们俩成为朋友，大概是因为你觉得我人很好，心很好，很照顾你。其实我以前也觉得自己心很好，经常同情考59分的同桌、一个人搬东西的老大爷，等等，把自己都感动了。我也很同情你，你每天都被打成猪头，虽然长得很帅，但也没有人照顾。

“后来我明白了，我同情你，同情你们，只是因为你们和我都毫无关系。考59分的同桌、一个人搬东西的老大爷，以及南山南的一个专门用来输比赛的黑市拳击手，都和我毫无关系，我可以放心大胆地同情你们……

“但是，现在不一样了，你不再是和我没关系的人，你是一个和我息息相关的人，你现在是一个走进浴室，我都害怕你会滑倒的人，我不再同情你了，我只是怕失去你。”

作为一个医学院的理科生，田小心在讲话上格外没天赋。她想爱能滋生很多天赋，她觉得自己刚才说的话一定足够感人了，在爱上小孙之前，她从来没想过自己能讲这些。

“你不是答应过我不会坏掉吗？”田小心说，“你好好地活着，我们就能一直在一起啊。”

而小孙维持着搂着她的姿势，身体一如既往地散发着运动型的热力。一向面无表情的他居然讪笑了下，又像是叹了口气，总之，他看起来有些不在乎，又有点儿悲伤。这让田小心更为焦虑。

那天晚上，他们坐在冰箱前聊了很久，又从冰箱里掏出可乐和薯片吃了整夜。大概是因为田小心实在是不太开心，她也忘记自己是不是哭了。自从来南城上学，她很久没有哭过了。生活那么忙，几乎分不出神来，流泪也是需要专心致志的啊。

对着小孙流泪的时候，她想她一定是专心致志的。

10

那天之后，小孙强行缩减了在南山南的比赛，多数时间在元宝的健身房，生活一度平静了许多。而田小心也在那个初夏顺利地进入了南城医院，做起了传说中的实习医生。

她在急诊室实习的日子很忙碌，不过她觉得忙点儿也好，忙点儿就没空想那些有的没的。急诊室的工作狂风暴雨，很多时候接待的都是一些濒死之人。

已经是21世纪70年代了，污染和环境问题导致人类在生育期就受疾病困扰，畸形人和先天不足的人越来越多。政府为了让这些人能够在社会生存，也是煞费苦心，除了夜间急诊室对畸形人开放特殊通道外，还进行了基因工程研究和改造，这也是田小心感兴趣的课题，她曾和小孙讨论过干细胞，等等。

“这么多先天不足的畸形人在外闹事，夜里还来看急诊，为什么政府不干脆用干细胞和基因改造技术改造他们呢？”田小心问自己的导师。

“现在镜像计划依然是地下工程呢，被取缔太多年了，重启不易啊。”

“哦，也是。”田小心点头，“可我觉得蛮好的，既然现在无法正常生育出正常的孩子，不如用基因组合的方式出产改造人，其实都是一样的呀，还能帮助社会进步。”

“你这种思路真的可怕。”田小心的导师是上一代人，也是强烈反对优化人、改造人工程的一代人，“从胚胎开始就筛选优质基因，你不觉得这是从子宫开始就划分了阶级吗？”

“反正阶级何时何地都存在。”田小心很想得开。

有时候她会就这个问题沉思很久，不知为何，一想到干细胞的技术，就总是想到男朋友——拳击手小孙。

医院里的前辈们都不知道她有个拳击手男朋友，大家都张罗帮她内部解决。可不是嘛，医院里有更靠谱的小哥，大家年纪相仿，都是学医的，貌似更有话题。可是聊到任何话题，她脑子里都会出现小孙，就算是聊到细胞重建和干细胞克隆等新科技问题时，她还是会想到小孙。她在想，受伤严重的小孙可不可以被改造呢？

她无可抑制地觉得，第一次见到小孙，就感到他是她的责任。为什么如此，她也不懂，但这种错觉却在头脑中肆意生长。

值夜班的时候，她会给在家里睡觉的小孙发信息，通常都是无聊的“你在干吗”。

小孙几乎都是秒回，当然也一如既往地没内容，“没干吗。”

“哦。”一下子聊不下去了。

小孙是一个从来不会回问“你在干吗呢”的硬汉，一般他会直接打电话过来；有时候会不理她，过个十来分钟就骑着摩托车出现在了急诊室门口。

在这个末世，有这样的男朋友，还求什么别的呢？求他活得更久一点儿吧。

今天小孙把电话打了过来，“值班无聊吗？”

“还可以呀，今天没什么病人。”

“没病人就睡觉。”小孙说。

“没病人才会想到你啊。”田小心说。

“想我的话我就去看你。”

“那倒也没那么想。哈哈哈。”田小心说，“我知道你明天早上要上班，要好好讨好元宝老板，今后跟你签长约。”

是的，健身房的老板元宝确实很看重小孙，他对小孙充满着好奇。

他知道小孙在南山南工作长达五年，这五年来，小孙遵守合同进行比赛，输赢均可控制，其格斗和拳击水平都很高。元宝是专业人士，他知道小孙是国际水平。

小孙的才华用在健身房，简直是大材小用。哦不，用老板元宝的话是“学以致用，造福社会”。难道教人们把身体练得更健康不比在南山南打血腥拳更好吗？

元宝很好相处，田小心没事就厚颜无耻地要求元宝加加工资，让男朋友能够死心塌地地当健身教练。每当说到这个，田小心总觉得元宝对自己有些欲言又止。她满腹狐疑，不过又神经大条地认为是自己敏感了。

元宝经常问田小心：“你作为一个医生，从来没带小孙去做过身体检查吗？”

田小心说：“他没有保险，而且他倔强如牛，我拉不动他去做检查。等他结束了拳场生涯，我帮他办了保险，就带他去做检查，平时他的伤势我就可以检查。”

元宝又经常问田小心：“那你有没有觉得他受伤很重，自愈的速度又很快呢？”

田小心说：“没有觉得，他常常有内伤。”

元宝还经常问田小心：“他真的是你男朋友吗？”

田小心颇为不爽，“你这是什么意思呢？”

于是对话就这样结束了。

田小心的满腹狐疑和元宝的欲言又止在某天有了答案。那是个初夏的晚上，小孙上完了一节私教课，田小心来接他去约会，在小孙换衣服的空当，她跟元宝在门口叽叽喳喳地聊天，聊最近有什么好看的电影，聊最近解决污染的新课题，等等。

就在叽叽喳喳的空当，咣当一声，小孙突如其来、毫无预兆地在更衣间摔倒了。他一头栽倒在地，摔得突然和彻底，到了以头砸地的程度，沉重的响声和满地的鲜血将元宝和田小心吓得瞬间停电。

大概五分钟后，两个人驾车把小孙送去急救。

田小心满手是血，打着哆嗦，像医生一样尽职尽责地给小孙包扎。她给小孙包扎伤口无数次，没有一次像现在这么紧张。毕竟小孙虽然经常受伤，但从未突如其来地失去意识，她感觉他像死了一样。

她一直在哆嗦，紧张到牙齿都在咯咯作响，与之相反的是元宝的镇定。他镇定地驾车，面无表情，偶尔从后视镜里看一眼，看着满手是血、满眼是泪的田小心，他叹了一口气，似乎还说了一句“原来你真的不知道”。

元宝并没有把车开到南城医院，而是停在了一家私人诊所，他跟田小心解释说这是朋友的私立医院，处理起来更快。

田小心看诊所装修靠谱，就跟着元宝把小孙推进了急救室。

她一个人坐在急救室外面瑟瑟发抖，悔恨为什么不早点儿送小孙去做检查，没有保险和身份又有什么关系，她应该趁自己实习之便，偷偷把小孙塞进医院，她应该在他坏掉前挽救一切的。

她吭吭哧哧地哭起来，吸着鼻涕，擦着眼泪，委屈得不得了。

刚刚和她一起忙前忙后的元宝却消失了一阵，等回来的时候，手上捧着热咖啡，递给她。

“哎，喝点儿东西吧，人一会儿就出来了。”

田小心摇头。

“呀？还真哭了啊？”元宝低头看看她，坐过来，“放心吧，暂时没事的，他的生命周期还有几个月才到期呢，还在保质期内。”

田小心白了他一眼。保质期？以为是在说午餐肉吗？

元宝喝了一口咖啡，看了看前方，又看了看田小心，又看了看前方，忽然嘘了口气，像是终于决定了什么似的，他发问说：“哎，田小心，你跟小孙在一起快一年了吧？你不要告诉我你什么都不知道。”

田小心狐疑地看了看他，她眼睛里有不少泪水，看不太清元宝的表情。

元宝说：“我第一次看到小孙的时候就知道，他不是普通的人类。”

田小心的眼睛慢慢睁大，她看着元宝。

“他是一个非常标准的、优秀的镜像人。”元宝说，“我很惊讶你完全不知道……”

“他应该是2060年制造出的那一批镜像人，已经生存十年左右了。因为常年从事高强度运动，器官早就逐渐坏死。他应该每天晚上都失眠，自愈能力也越来越差，整个人处于无可救药的状态。在器官全部坏死的情况下，他依然能正常生活、能抗压打拳的唯一原因就是，拳击手小孙是一个通过干细胞和基因改造生成的第二代镜像人，他身上充斥着各式各样的干细胞。”元宝说。

他是一个镜像人，一个非法存活的人类。

“他今天不会死。按照他现在的状况来看，他的镜像人寿命还有一段时间。”元宝说。

晚间十一点半，小孙已经脱离了危险，私人诊所为他做了简单的输血和治疗，小孙进入了自愈的过程。

田小心也拿到了小孙的全身检查记录，她不觉得是五雷轰顶或者天昏地暗，她只是感觉周围的一切都像撤去了白色的幕布一样。

作为一个医科院校的学生，她对镜像计划有一定的了解。镜像计划是一个在2025年启动的计划，第一批镜像人以优化人类为主，所有的镜像人都完美无瑕、帅哥靓女，还多是“富二代”和社会上流人士的后代，可惜被“镜像优化”过后，多活不过25岁，造成了一股自杀风潮，于是镜像计划在各种投诉中被中止。

2056年，因为劳动力紧缺，镜像计划一度重启。2060年确实量产过一批镜像人，被称为第二代，但很快在2065年，这一代的计划又被中止，中止原因众说纷纭。有人说，镜像基地使用许多濒死的人做实验，使用细胞将其复活改造，改造后的镜像人没有自己的回忆和思维，逐渐沦为机械、劳力和被奴役者。

这些田小心了解得并不多，在她印象里，镜像人是一种实验品，和她的生活、和普通人的生活都无关，她从来没想过，她认识的拳击手小孙会是镜像人。可是为什么不是呢？这份检查报告和以前所有的事情都一下子变成了原因。

小孙没有痛感。

小孙永远在输比赛。

小孙一直没有城市身份。

小孙不去医院，小孙不做身体检查。

小孙无法摆脱南山南。

小孙甚至不需要睡觉。

小孙像一个被制定好的人，除了爱上了田小心之外，似乎整个人生都是为了在南山南打拳。

"你记不记得，政府曾宣布将濒死人改造成镜像人犯法，所以第二代镜像计划启动后不久就被中止了。不过还是有不少早前被制造出来的镜像人活着，现在依然也有不少非法镜像人被生产出来。"元宝说，"我能看出来，小孙是个镜像人，他全身都注射了各种干细胞，已经存活了十年左右，进入改造的晚期了，他是个被重复改造的镜像人。"

田小心从不反对干细胞和克隆技术，她也不反对镜像人的出现，她以前总觉得这是给人类的又一次机会。

元宝详尽认真地给田小心解释了镜像计划的前因后果。

进入21世纪后半段以来，人类利用科技给自己找了一次又一次的机会。2025年至2030年间，第一批镜像计划曾经使用基因的优化筛选制造出了优化人，那几年很流行优化的镜像人，尤其在上层社会里，许多“富二代”都是由家境殷实的富豪制造出来的。可惜，优化基因有着不可忽视的问题，优化的镜像人往往寿命有限，25岁已经是极限，大量的自杀事件让政府停止了镜像计划。

因为频发的海啸地震，人类数量骤减，环境污染也让人类的生育能力下降，干细胞和克隆技术再次默默抬头，促使了镜像计划的重启，这一次的镜像计划，依然备受争议。

2060年之后的五年里，第二批镜像人逐渐步入社会。因备受争议，技术也在缓慢、接近停滞地发展，第二代镜像人比较可怜，他们的一生都在被利用，从事着各式各样非人的工作。

他们因为沟通障碍和成长失衡，往往无法与正常人类交流，最终沦为奴役。2065年，政府再次取缔了改造人这项工程，残余在社会上的改造人往往没有身份，包括小孙在内，他们只能隐藏身份，慢慢被残酷地淘汰。

田小心认为她一生都不会和改造人有所接触，这种镜像人往往生活在小镇、农村，他们像机器人或者人工智能一样，只会按照设定生活，只能说是或者不是，只能无目的地做着同一件事，不会与人交流。

她觉得小孙是个奇怪的家伙，但她从没想过，镜像人原来是这样的。

她站在原地半晌不动，她的脑子里像光影胶片一样地放映着过往的时光，不长不短，刚好是了解和相爱的日子。

人家说，第二代镜像人的一生都是被设定好的。

小孙是一个被制造于2060年的第二代镜像人，拥有十年的寿命。但2065年，改造人成为非法产物，他的身份也从此被注销，沦为黑市拳场的代打。

从被改造那天起，他就具备了记忆：小孙大概记得自己以前是搏击冠军，有过家人和青春，欠债还钱，卷入黑市；他也被设定好，记得自己有过一任女友，因为没给她买生日礼物这种小事和他分开了。

从被改造那天起，他就在执行一生必须去做的事情：做一个黑市拳击手，一生都为了还债在输。没有人在乎他被打成猪头，也没有人会挽救他的生命。

从被改造那天起，他就注定是个非法的生物，不是悄然死去，就是被政府回收。

他受过那么多伤，注定会死去。

或许连爱都是假的。

II

“镜像人第二代呢，基本上是没有正常的情感的，没有审美、没有判断、没有更多的思维，他们更像人工智能，但是使用克隆技术制造出的肉体人工智能更容易混迹在社会中。”元宝带着他的朋友——改造人研究员陈晓磊，接受田小心的咨询。

“一个二代镜像人的生命周期在十年左右，十年后，器官会失去自愈能力，坏死，随即死亡，在他的整个人生中都不会和其他人类发生太重大的关系。政府之所以叫停这项技术，大概是觉得这样的人无法获得人权。你懂的啦，人被克隆得多了，实在有些危险。”陈晓磊是元宝的发小，开着这家私人诊所，做着各式各样的基因研究。

田小心说：“哦……”

“他的人生是被设定好的，”元宝说，“基本上不能反抗基本的设置，他就是被造出来输比赛的。当初我以为你也是个镜像人……”元宝说，“我以为镜像人之间是可以产生感情的，后来，我发现你是个普通人……我觉得很不可思议……”

“被设定好的？”田小心说，“他认识我也是被设定好的吗？”

“这就是我最想不通的地方。”元宝说，“我们研究过不少第二代镜像人，被造出来的时候就是成型的人类，感情和思维方式和正常人差不多，有各种能力，某些能力会根据职业要求定制。你知道，很多军人也是镜像人，但无论如何，镜像人一般都感情淡薄，缺乏正常互动能力，没有恋爱和与人交往的欲望……”

如今已经是2070年了，世界充斥着奇怪的人和奇怪的医学。田小心觉得自己跟一个思维和回忆都定制好了的镜像人恋爱，是一次荒唐的经历。

她在三天内频繁去找元宝和陈晓磊沟通。

“可是我和他……”她斟酌了下措辞，不知道如何发问。

“照理讲，他们不太懂什么是朋友或者女朋友。”元宝回答，“你和他接触，他就会回馈接触，他会按照你的方式做出一些反应，但不会有主动的情感行为。”

“不不，他有的呀。”

“哦，他有为你不去打拳吗？”

“他缩减了比赛的场次。”田小心说。

“哦？”陈晓磊少许惊讶，他又问，“他有赢过比赛吗？”

田小心稍微愣了愣，最终她摇了摇头。

陈晓磊又想了想，“或许，你可以给我讲讲他的事情，没准镜像人真的会有质的改变呢？”

田小心犹豫了下，她最终还是没有讲出她和小孙的故事。一是因为这个故事普通而冗长，他们因都在拳击场工作而认识，吃吃早饭后就约会了；另外，对这个故事中的感情的真实性，田小心也产生了怀疑。

她想，她应该是真正喜欢过对方的吧。他们住到一起，躺在一张床上，亲吻和做爱过，她不觉得那些温度是人造的。

他们吃过很多垃圾食品，就算吃过那么多垃圾食品，小孙的肌肉也没有塌陷，他果然是个精准的镜像人。他们聊过电影，也聊过公路旅行，小孙知道的事情很多，这些都是提前输入好的记忆和常识吗？他和她的出租屋里，基本没什么东西，他的衣服和裤子只有两套，而且长得一模一样，他有一双鞋子、一支牙刷和一包烟，离开时都带走了。镜像人以生活极简著称，没有过多的欲望，吃东西也往往只吃一个套系，小孙一般只吃包子。

但他主动亲吻过她，这也是提前输入好的记忆和常识吗？

田小心在回忆和科技之间挣扎了好久，她郁闷了，抑郁了，上班时候也在长吁短叹，搅和得小护士们都觉得田医生这次考核堪忧。可是她就是哭不出来，午夜梦回除了失眠和做噩梦以外毫无别的症状。

于是，她打算研究下镜像人的改造。

“有没有再造细胞可以延续他的生命呢？”田小心问元宝。

元宝很惊讶，“你不是要告诉我，你跟一个镜像人有了真爱吧！你要知道，你们的关系可能只是他的某一种意外的应激反应。”

每次听到这种话，田小心都无比愤懑。理论上，她应该伤心才对，但此时此刻，她只是觉得愤怒和焦虑，想殴打元宝，又想找到一条科学的出路。

“我只是觉得他有权利活下去……”

元宝说：“理论上，镜像人第二代没有什么人权，不过我支持你。”

大概用了一个月的时间，小孙完成了自愈。

用元宝的话讲，这应该是他最后一次自愈了吧。

田小心匆匆跑到诊所来看他，小孙醒过来后的身体状况良好，正在喝粥吃包子。

田小心很想问小孙：

“你到底是谁？

“你是一个镜像人吗？

“你是一个虚构的、被定制的人类吗？

“我是你定制的一部分吗？

“你和我讲过的所有故事都是被输入好的记忆吗？

“你生下来就是为了死去吗？

“……”

但最终，这些话，她都没有问出口。她安静地坐在小孙旁边，看他吃完了包子喝完了粥。

过了一会儿，田小心问他：“你还记得我吗？”

小孙则看着她轻轻地笑起来，温柔得像飘过皮肤的羽毛，在这个充满酒精味道的急诊室里散发着光和热。

他凑过去，吻了田小心的眉毛。

他嘴角有血痕，所以只是吻了吻眉毛和额头。田小心感觉他整个人都很无力，就凑过去抱住了他。

像好久以前一样，小孙居然难能可贵地、顺从地趴在她的肩头，他那些强大无比的肌肉和内部坏死的器官，在那些倒下的瞬间，都是田小心的责任。她想，她对这世界的心软和责任感总是无来由的，她其实真的不想担上那些责任，因为这个世界的软肋已经太多了，她想那么多，又能做多少呢？

可她现在就这样抱着一个千疮百孔的镜像人拳击手，心里有些悲壮，几乎无法自救。

他是个镜像人，可她想他能够活下去。

12

按照元宝的说法，这应该是小孙最后一次自愈了。此次的保质期有几个月，几个月后，他大概会自然死亡。

小孙一直在住院恢复，而田小心忙着想办法，想重新找到一种让小孙这个镜像人继续完成自愈的方法。

田小心回忆了小孙所有的行为方式，也记录了他输比赛的方式，基本如出一辙。他也不知道自己为什么一直在输，不知道为什么延续着一些应激性的反应。田小心问他某些问题时，他对答如流，可涉及南山南和拳击比赛，他的回忆和反应总在卡壳。

他不知道自己是个镜像人，或许如元宝所说，和田小心在一起，也是他某种巧合的应激反应吧。每每想到这点，田小心就无比怀疑人生。

那一年的夏天过得很快，田小心和小孙没能去公路旅行。

他们手牵手坐在南山南街边巷口的路边摊，撸串喝酒。小孙认为自己只是伤愈复出，跟田小心说，等他过几天再去结算几次比赛费用，就可以陪田小心去公路旅行，再回到健身房当私教了。

她望着雪白的啤酒沫和热气腾腾的烤串，愣神了好一阵，直到小孙用手在她面前晃起来，“哎，很不认真啊。”

“哦。”

“还在担心我吗？”小孙说，“我现在不是没事了嘛，我之前跟你说过……”

“那你知不知道你为什么没事了？”田小心问他。

田小心百转千回地再三思索后，决定全盘讲出。她把小孙的身体检查记录、验血记录、监视记录和元宝找到的镜像人记录都放在了他面前，详尽解释了小孙是个镜像人的事实。

小孙脸色有些惨白，不知道以他的思维，是否能够理解自己的身份，被设定好的思考模式能否让他相信自己是非人的存在。

他似乎早有感知，尤其和田小心在一起后，他或许真的有所感知。那些田小心跟他争吵后的无力感以及不明所以，应该都是他的有所感知。

他也想起，一个无名的夜晚，田小心跟他不靠谱地讨论起干细胞、再造基因等问题时，他莫名地发问："哎，如果有一天我的一切都坏掉了，你用干细胞修复了我，那我还是当初那个我吗？"

他会问出这个问题，而且一直牢牢记得，小孙想，他或许真的明白些什么吧。

他的女朋友田小心是个人类，很年轻，是个普通的医科生，应该是镜像人眼中的路人或过眼云烟。但小孙不知为何打捞了这个人类，超出自己设定地爱上了她，他甚至一直想为了她放弃自己被造出来的目的：打拳输比赛。

他怔怔地看着田小心，田小心正在跟他解释，她帮他找到了再次重造的方法，能够延长他的保质期，一直延长下去，blah blah……很是学术。

他就认真地听着，尽管听不太懂。

在田小心叽叽咕咕讲了半个多小时后，小孙问她："我想起我以前问过你的问题，如果有一天我的一切都坏掉了，你用干细胞修复了我，那我还是当初那个我吗？"他停顿了几秒，"不知道当初为什么会这么问你，但是现在你能回答我吗？"

田小心也看着他，圆圆的眼睛里有深不见底的迷茫。

"我不知道。"田小心说，"元宝说，重塑你的话，可能相当于再造，或许你之前的记忆都不存在了，或许你是下一个小孙了。但我希望你能活下去，不要坏掉。”

“为什么？”

“因为我喜欢你。”田小心有一张无比清纯的脸，上面永远写着心软和勇敢，“我希望你能活着，就算你变成了另外一个人，就算你从来没有真的喜欢过我，我还是希望你能活着。”

小孙没有说话，他看向远方。暗夜时分，湿意环绕，这个城市转瞬又是一天，他的期限又临近了一天。

他应该答应田小心的要求，进行改造，反正元宝愿意帮忙，他可以摆脱之前的设定和记忆，或许能够自由地活下去。

终　章

2070年，8月19日，是田小心的生日。

小孙给田小心买了一张南山南比赛的前排票，作为她的生日礼物。

这吓坏了田小心，她忙着为小孙准备改造手术，在此之前，小孙不该再去打拳。她收到门票后，就连滚带爬地打车赶往南山南。

无序的、血腥的、疯狂的南山南，但这也是他们相遇的地方。

那一天的南山南一如既往的喧嚣，人声鼎沸的拳台上依然是一场拳赛，主角是小孙，他的大名叫作孙俊，他的名字平凡无奇，像是未经思索起的，现在被高高挂在拳台边。

田小心拿着前排的票，挤进汗水横飞的人群里，尽量贴近拳台，招呼小孙赶紧下来。小孙在几击直拳后看到了她。

第二代镜像人是没有审美的，他们看到的人类大概都长得差不多，他们也不需要有人类的审美与情感，但在喧嚣的、疯狂的、拥挤的，甚至是黑乎乎的人群里，小孙看到了田小心。在他看到她的每一刻，他都觉得她是闪闪发亮的，亮得可以照耀他虚假的人生，他看到闪闪发亮的田小心在冲他高喊着什么。

于是他高举着拳击手套，也冲她大喊着。

尽管他们都没有听到彼此的声音。

小孙获得了他镜像人一生中第一场拳台上的胜利，他击倒了强大的对手，他听到全场都在呼唤“小孙”，他像一个普通的、胜利的拳击手一样，骄傲地高举起自己的手套，俯视众生，他没有机会告诉任何人，但那一刻，他觉得自己像一个真正的人。

南山南素有接纳镜像人的传统，小孙应该是第四或者第五位“拳击手小孙”，之前有不少替打的镜像选手，他们有时候叫小李，有时候叫小胡，他们都被改造得差不多，身体和记忆也都差不多，都有伤口和失恋，一个个被定制好的人生，也是他们相信的人生。

拳击手小孙是个二代镜像人，他的保质期马上就要结束了。在他短暂的、无知的保质期里，他很意外地向一个普通人类表白，除了田小心，没有人知道他的表白，也没有人相信他的表白。他一直记得表白的那天晚上，夜色很好，他们曾一起走了两个小时的夜路。

小孙在拳赛结束十分钟后暴毙，跟一个受伤过重的人类一样，以死亡的方式结束了保质期。

但是那天是8月19日，拳击手小孙在拳击场上赢得了人生的第一场拳台胜利，他打破了一个微小的设定，他不再像一个墨守成规的镜像人，他在喜欢的女生面前赢得胜利，作为生日礼物送给了她。

这么多日夜以来，田小心第一次顺利地流泪了，她缩在南山南拳台的一角，哭得有些喘不过气。她想她知道，小孙最后在冲她喊什么，她可以去相信她认识的这个镜像人有多特别了。

2070年，小孙在被造出十年后死去了，像一个普通的英雄一样站在拳台上，将人生唯一一场胜利飞扬上天。

2070年，科技像重叠、复杂的政治一样席卷和切割着人类的生活，它在努力改造人类和世界。科技创造了那么多新的方式、活法，甚至人种，却始终没为人类打开一扇新的大门，因为科技的逻辑永远不能回答关于爱的命题。

拳击手小孙跟田小心说，与其重新做人，重新活下去，他还是想一直记得她。他是一个镜像人，不该有这种想法，可不知不觉，他还是这样去选择了。他说，他把存在柜子里的钱和东西都留给了田小心，那里放着三双拳击手套，两双旧的，一双新的。

那天，他只想打破设定，想把一场拳台上的胜利送给她。

或许，他只是想，像一个普通人一样跟她说：

“田小心，生日快乐！”

CHAPTER 3

安先生

公元2095年

I

我的好哥们儿陈晓乐总喜欢半夜三更打电话骚扰我。

那是个周二的深夜三点，我正在埋头苦睡，床头电话像警报大作一样响起来。就算在梦里我都能想到一定是不靠谱的陈晓乐打来的，在努力忽视未果后，我还是伸手接了起来。

“大哥，又有什么事了？”

“我勒个去小明老师……”对面是陈晓乐兴奋的声音，“你一定想不到我发现了什么？”

每一次都是一样的开场白，我毫无惊喜地“嗯”了一声，示意他继续。

“你现在马上过来下！”陈晓乐保持着兴高采烈的声音。

我抓起手机，看了看表，“现在吗？夜里三点半？！”

“对啊，来吧来吧，我请你吃小龙虾！”

如今想吃一顿新鲜的小龙虾也是不易，这句话吸引了我。

二十分钟后，我穿戴整齐，下楼取车，并以最快的速度奔赴陈晓乐家。

我家和陈晓乐的宿舍相距两站地铁的距离，尽管在现在的城市规划里，早已经没有地铁这种东西了。

陈晓乐住在生物医学研究所，因为他的父母是那里的教授，所以他一把年纪了还赖在学生宿舍里，美其名曰读博当助教，但看起来只是每天不学无术地白天睡觉、晚上抽风。

在很多人眼里，陈晓乐确实是个不学无术的医科生，每天研究一些基因组合、镜像计划等不着调的事情。从本科读到博士，成绩中游，总能顺利毕业，却不肯工作。

不过这些年，地球环境已经坏到极点，很多有钱人移民外星，留在地球的人又何必辛苦在乎前途呢！

陈晓乐管我叫小明老师，但事实上，我们是本科时期的同学。

2080年我们刚读大学，那会儿正是生物、基因、医学等行业发展最为兴盛的时期，“镜像计划”早已被重启，制造一个镜像人来保护地球是每个从业者的梦想，挤破头来学这些专业的不是学霸就是精英。

转眼十几年过去了，地球的环境并没有好转，反倒被各式各样的虫族入侵、外星之战搞得千疮百孔，有钱人忙着移民其他星球，于是改造人类的科技迅速贬值了，我也放弃了这个专业，改行做了别的。

陈晓乐不同，他对基因重组和改造人类有着疯狂的兴趣，他坚持留在学校，偶尔做些非正规化的研究，乐此不疲得很。虽说学业紧张，他却过着艺术家一般的生活，白天睡觉、晚上折腾，经常在夜里两三点叫醒我，诉说他的新成果。

言归正传，今天陈晓乐深夜呼唤我，是因为他说他发现了一个镜像人，这的确是大新闻。

说实话，我也没有见过成年的镜像人，毕竟“镜像计划”自十年前重启之后，都是官方组织进行的。最近十年来被制造出来的镜像人被称为镜像人第三代，他们是为了战争而制造和训练的，并不会轻易出现在日常生活中。

我们之所以对镜像人如此感兴趣，是因为镜像人代表了我们整个大学期间的专业——优化基因组合和设计。

镜像人并不是机器人，自2025年政府启动镜像计划至今，已经七十年了，这个使用基因来造人的计划每隔几十年就会经历一次中断和重启的过程，而今的第三代镜像人被称为奇迹的一代，希望他们不要再因为各种原因被腰斩了。

我默默驾车去陈晓乐家，车里的GPS和Radio最近都没有电，能源紧张，这些可有可无的工具已经被常年荒废了。

外星移民计划已经在地球全面展开，大概有三分之一的上层社会人士在尝试移民，这些不靠谱的移民计划在这几年引起了外星族群的注意，地球面临着外星族群的攻击，像一百年前的电影里的桥段，外星人也不知怎的，总是想着进攻这个破败的星球。

这种内忧外患促使镜像人诞生的情况明明应是时势所逼，在现在的环境里，却成为大多数地球人的谈资和寄托。

你看到这里，如果还在问什么是镜像人，那我也只能再耐心地给你解释一下了，反正陈晓乐家还没到。

镜像人并不是人工智能，也不是人造机器人，更不是单纯的克隆人。这七十年来，每一代镜像人都是器官齐全的正常人，没有三头六臂，也没有额头长眼，但从另一层面来讲，每一代镜像人都有着非常的意义。

第一代镜像人出现在21世纪30年代，是富人们优化自己后代基因的产物。第一代镜像人是奔着完美无缺的基因组合制造的，但彼时科技不够完善，这一代镜像人的寿命极短，在25岁就自然死亡，也因为如此，镜像计划被认为是拔苗助长的基因优化行为，之后被暂停了一阵。

21世纪50年代，因为社会劳动力有限，镜像计划被重启，科学研究院改变了镜像人的研制方向，他们选择使用改造人的方式，克隆改造人类。第二代镜像人和人类的长相几乎一致，能够忠诚地按照设定完成工作，没有质疑，缺乏情感，易于被统治和管理，大多从事重体力的工作。第二代镜像人的寿命更短，平均每个二代镜像人只有十年的存活期，他们更像是工具或者食物，有自己的寿命期限，十年一个轮换。但由于第二代镜像人被强烈地物化，引发了不少争议，很快这一代镜像计划也被中止。因为计划中止得太过迅猛，产生了一系列后遗症，不少第二代镜像人流落民间，潦倒而终。

到了我们这一代，镜像人第三代诞生。你懂的，从十几年前的移民计划开始，科学家就宣称是为了保护地球而制造镜像人的。科学研究院使用各种激素、药物对人类胚胎进行基因重组，使之在成长中战斗力和各种能力超群。第三代镜像人往往拥有完美的身材、英俊秀美的长相、超高的智商、灵敏的反应能力和永动机一般的体能。他们从小在培训基地长大，有着不同的培养方向，因而各自的特长也不同。无论擅长什么，第三代镜像人的基本能力与反应都优于正常人。另外，除了在胚胎时期就进行优化基因组合外，第三代镜像人还要经过非人的残酷训练。真正能在成长过程中通过训练测试，并且存活下来的，才被称为真正的镜像人，并成为真正的战争机器。

我已经把我所知道的三代镜像人的成长史讲述了一遍。在这个过程中，我也一路小跑地进了陈晓乐的实验室兼卧室。进门一瞬间，我头晕眼花起来——整个房间一片狼藉，地上扔满了纱布和血迹斑斑的衬衫布头，各种医用药水的味道扑鼻而来，敬爱的陈晓乐博士正站在乱七八糟的仪器前，戴着黑框眼镜，表情严肃地思索着什么。

看到我进来，他好像松了口气。

“妈呀小明老师，你还能再慢点儿吗？”他没等我张嘴回应，就招呼我，“快过来瞧瞧！”

镜像人。

唉，我明明是为小龙虾来的，看来陈晓乐并没有准备。

他准备了一个镜像人。

陈晓乐把我带到巨大的治疗仪器前，打开封闭外壳，隔着一层玻璃，我看到了他捡到的镜像人。

我一直希望我看到的第一个镜像人是个妹子，优良的基因一定会保证她拥有秀丽的面容和惹火的身材，虽说整容当道，但是镜像人的天生丽质和自然天成是正常女人无法比拟的。但让我有点儿小小失望的是：躺在巨大的治疗仪器里的是个男人。

大概是受了严重的创伤，男镜像人被陈晓乐放进了隔离舱中，浑身赤裸，身体上布满血痕、刀口和枪洞，他一动不动地平躺着，陷入昏迷中。他的这个样子让我想到了那部古老的电影——《第五元素》，要知道，主角都是在这种治疗舱里，从昏迷中醒来才对。

陈晓乐说：“我是在安和桥那边废弃的地铁站捡到他的，当时他浑身是血，衣服都烂了。我无意间看到他胸口和手腕上的标记……他居然是个镜像人。”

陈晓乐表示有点儿惊讶，我又仔细看了看这个镜像人，很理解他的惊讶。在我们的想象中，男性镜像人一直是力量的象征，无论如何也该拥有一米九以上的身高、完美的肌肉和健硕的身材，但眼前这个镜像人看上去过分消瘦了些，仿佛营养不良、受尽艰辛。

我琢磨了会儿，说：“哎，你说，他真的是个镜像人吗？不是cosplay的吧。”我问陈晓乐，“跟我们想象中的有一定差距啊，他看上去非常普通和……憔悴。”

陈晓乐按住按钮将隔离舱向我推进，并且将光打在镜像人的胸口，我看到他右边胸口上有一块小小的标记——标准的镜像人烙印。接着，陈晓乐又将底板推起，使得我能够看到他手腕处的条形码。没错，他是个镜像人，这独一无二的条形码标记显示，他是第三代镜像人，编号为0573809。

同时，在他的编号条形码上有一道非常深的伤痕。条形码上出现这种伤痕，非同小可，这个镜像人大概是被镜像基地严厉惩治的犯人，而他身上的各种伤令人猜测：他是个违纪的镜像人，或者在被通缉中。

其实，第三代镜像人出逃的事情我们也有所耳闻。这一代镜像人从小接受军事化管理，随着培训的手段越发残忍和非人性化，这批具有超高智商的镜像人产生了不满和反抗，以争取自身的权益。

听说，自几年前发生过第一次出逃暴乱后，镜像人出逃就成了惯性，尽管镜像基地加强了对镜像人的管理，但依然每隔一两年都会发生一次或大或小的镜像人出逃事件。

因为训练残酷，镜像人本来就只有少数能成年，而被培训成熟的镜像人在有了思考能力后，又变得难以管理起来，出逃次数的增加让镜像基地的管控更为严格，因此，我们这些地球居民很难有机会看到成年的镜像人。

眼前这个成年男性镜像人大概就是所谓的出逃者吧，他标记完备，是个正宗货，虽然看起来实在不像。

“你给他用了多大的量？”我问陈晓乐。

“差不多早上就能醒了吧。”陈晓乐坐在一边目光炯炯。

我们把治疗舱的封闭外壳关上，在桌子边坐下。

可能是因为难得地看到了和自己专业对口的产品，陈晓乐异常激动。

我们一起翻着旧书籍和查找网络资料，到了清晨时分，我已然头疼欲裂，正要和陈晓乐建议休息一下的时候，他忽然扑通一下趴倒在桌子上，以迅雷不及掩耳之势睡去了。

窗外晨光初现，我走到放置镜像人的房间。大概是因为药力十足，他还没有醒，我在一旁边打哈欠，边给自己煮咖啡。

咖啡壶咕噜噜地响着，而我眼神呆滞地思考着我和陈晓乐查出的种种资料。

其实，现在网络上关于镜像人的资料已经不多了，他们的研究近况也无法得知。

还是在读高中的时候，我们曾经参观过军方的镜像人研究基地，那些刚刚一两岁的婴幼儿被浸泡在各种药水中，身体插满各种管子，接受着注射。

七八岁的小孩儿已经开始训练：每天进行耐力长跑和山间行军，从事各类攀爬和球类运动，培养协调性和灵活度。

接下来，就会有一些不那么人性化的训练内容，诸如让一群小孩子赤身裸体站在冰室中，或者不带任何器械待在深水区内。这些训练内容和项目会随着镜像人年龄的增长而进行调整，强度不断加强，挑战镜像人的极限。

由于体内含有特殊的基因和动物激素，他们能坚持的时间确实比正常人要长，但在第三代镜像人的世界里，也存在优胜劣汰，最弱的镜像人会在训练中被淘汰，淘汰的方式是干脆地死掉：有的冻死在冰室，有的憋死在深水区，有的会在奔跑中猝死，有的会在训练中中弹而亡……还有各种各样的死亡方式。总之，在第三代镜像人中，未成年人的死亡数绝对超过最终的成品。

被称为第三代的成年镜像人的形成周期是七年。

据说，每隔七年各地就会选拔出一百名条件出众的婴儿来到训练基地，而最终真正存活下来，并且成长到20岁以上的，一般不到十人，而这不到十人的成年镜像人拥有的力量和能力是无可比拟的。

他们不仅身体、头脑条件完美，且拥有强大的心理承受能力——在这样失衡和残酷的竞争压力下脱颖而出，除了过硬的身体条件外，坚硬的心脏也是必不可少的。

大概是因为如此不人性的训练方式和不成熟的基因培育技术导致了不少失败品和死亡者，镜像计划越发趋于机密化，听说这几年有不少研究基地被查封，科技人员被遣散。

而从那时到现在，并没有人给出交代：那些已经培训成熟的镜像人在执行什么任务。官方的一贯说法是：他们的身份将被永久性保密，在没有战争发生时，可以回到正常世界，过正常人的生活。

不过这也仅仅是说法而已，基因研究从来不是请客吃饭，持续近七十年的镜像计划里有着太多太多的秘密和无奈。

此时，咖啡壶响了起来，我心满意足地端起一杯分量十足的黑咖啡，走到镜像人的封闭治疗舱面前，他依然像《第五元素》里的场景一样，安静地躺在玻璃罩里。

借着晨光再看看这个用优良基因打造的特殊人类，越发觉得他实在没什么过人之处，大概是严重的伤口损伤了外形的完美吧，或者说，过分饱和的训练方式和逃亡生活令他非常憔悴瘦弱。

我十分困倦地打了一个哈欠，揉揉眼睛再看他的时候，被吓了一跳，咖啡洒了满手。

镜像人不知何时已经睁开了双眼，他望着我，面无表情，眼神警觉而镇定。

我应该赶紧说点儿啥做点儿啥，但那个瞬间，我的头脑一片空白，被一种惊恐、兴奋的奇妙感觉袭击。

镜像人手脚被捆，禁锢在封闭舱中，但他并没急于挣扎。他上下打量了我片刻，眼睛便开始四处搜寻，审视周围环境。

即将要和一个真正的成年镜像人说第一句话了，我有点儿激动，头脑中搜索着各种辞藻，千言万语终于汇成了一句话：

“Hi，早啊！”

镜像人没搭理我，我正准备跟他说下一句话，忽然看见他右臂的肌肉猛地绷紧，下一秒，他右手腕上的钢铁封条被猛地挣开了，他迅速撕开左手的封条，用双手试探起他面前的玻璃罩。

不得不说，我因他强大的爆发力震惊了0.5秒，但很快还是平静了下来。

这个玻璃罩是陈晓乐使用十分坚硬的玻璃材质制成的，我不知道眼前的这个第三代镜像人是否有能力打开这种硬度的玻璃，于是我没有动；另一方面也是因为头脑空白，不知如何是好。总之我怔怔立在原地看他下一步的表现。

在我天人交战的几秒里，玻璃发出了巨大的爆裂声，我后退了一步。而这个声音也吵醒了正在做梦的陈晓乐，他连滚带爬地奔过来，正好看到镜像人从他昂贵却破裂了的仪器里钻了出来。

“我勒了个去！”陈晓乐高声感慨，不知是心疼自己的仪器，还是感叹他捡到的镜像人终于醒了。

显然，镜像人是受过一定训练的，他突破束缚后，马上退后，与我们保持距离，并开始四处寻找可以逃离的地方。

陈晓乐的这个研究所宿舍位于环境不错的住宅区，二十层高，且拥有落地窗，虽然不是什么铜墙铁壁、守卫重重的军事基地，但是对于一个全身赤裸的人而言，要就此离开也不是什么容易事。

我看得出镜像人的困扰，咽了咽紧张的口水，努力展开微笑，并对他举了下咖啡杯："哈喽，一起吃个早饭吧。"

这些年，污染严重，能源紧张，还有外星族群潜入地球的风险，整个世界的资源已经接近匮乏，我们这个城市已经陷入暗无天日的境地，贫富差距巨大，生活和环境一团糟。

我和陈晓乐居住的城北，以科学技术、新媒体互联著称，在末世的如今算得上小富人区，而富人区和周边地区用钢丝铁网隔离，钢丝铁网外是我们不可想象的别样天地。

这个镜像人来自城南。城南是个边缘地区，有不少非法居住的人口、带有各种疾病的人群，还有一些非正规的商店超市和毫无服务意识的服务行业，都是些勉强混口饭吃的人，大家因为贫困而凑到了一起。

也因为如此，城南的居民更难以控制和管理，每个角落都布满了千奇百怪的亡命徒和奇形怪状的人类，所以说一个逃亡的镜像人混迹其中也没什么奇怪的。

我面前坐着一个逃亡的镜像人。

一个出产在末世、不太常见的人种——镜像人，编号为0573809。他有个不错的名字：安何。

很奇怪的，我们都以为镜像人是没有名字的，他们理应被数字化才对。

不过，安何说，他是有父母的，父亲姓安，母亲姓何，急匆匆地组合了一个这样的名字给他，又急匆匆地把他送进了镜像人基地。

他对他的父母并无印象。

他说，在镜像人基地里，大家都叫他安先生。

陈晓乐给他测量了血压和检查了伤口，并借了套衣服给他。他穿上白色衬衫和牛仔裤，一瞬间切换成正常人状态，一个正常得在学校教书也不违和的人，和他“安先生”的称谓很搭。

他穿好了衣服，不像刚才那么像一个实验仪器里的试验品了，显然，他自己也满意了不少。

“你好呀安何……”我拿了早饭放在他面前，“你看，这是油条和豆浆，现在很少能见到了……”

他看了我一眼，我赶紧又解释说：“我和晓乐是想表示，我们没有恶意……”

安何低头看了看油条和豆浆，很有礼貌地露出了一抹微笑。

镜像人的每一处设计都是经过精妙的推敲和计算的，我得说，在这点上，研究基地确实做得十分出色。安何的五官精致，没有什么突出的地方，但当他微笑或者神色闪烁的时候，表情却非常独特。

他说：“我知道，谢谢你们救了我。”

陈晓乐干脆地坐到了桌子上，目光殷切地说：“不谢不谢，这也是我们应该做的。所以，能给我们讲讲你的事情吗，安先生？”

安先生瞥了一眼我们桌子上摊着的资料，说：“你们不是比我更加了解吗？”

我说：“据我所知，这几年关于镜像人的研究的进展已经不对外公开了，上一次公开，是基地里有新的婴儿入住，再之后，就没有镜像人的新闻了，所以其实我和陈晓乐从来没见过真正的成年镜像人。”

“没见过也没什么遗憾的，”安先生说，“镜像计划本来就已经成为机密，再说，你们为什么对这个感兴趣？”

陈晓乐代我回答，“我和小明老师在大学时就是读生物基因工程的……当年就很有兴趣了。”

“小明老师？”安先生根本没抓住问话的重点，他看了看我，“你是老师吗？”

我没想到他的关注点在这里，一时语塞。

陈晓乐说：“他才不是老师，都是叫着玩的啦，来来，我们言归正传……你说你……”

安何说：“你们是学生物基因的，理论上应该比我更明白，我只是个产品。这几年从镜像基地出逃的镜像人很多，我不是唯一的一个，所以很多事情我并不知道。”

我沉默了，而陈晓乐则乐此不疲地继续追问着关于镜像人的各种奇怪问题。

安何倒是蛮适合“安先生”这个代号的，他优雅温和，虽然周身带着警戒和紧张的刺，但他的姿态和语言却一直彬彬有礼，回答周到，很像答记者问时的官方说法。我想，这应该也是镜像人的训练科目之一。

陈晓乐什么都没问出来，有点儿失望。

而安何却不紧不慢地吃完了他的豆浆和油条，吃完抹了抹嘴说：“非常感谢你们的帮助。”他拉开椅子，准备离开，“我的身份特殊，处境也不太好，我不希望连累各位。所以从这个门口出去后，就和你们没有关系了。希望你们能把见过我的事情都忘记，这样对大家都好。”

陈晓乐有点儿不高兴，刚想说点儿什么，我已经点头答应了，“我明白你的意思，绝对守口如瓶。”我做了一个把嘴巴缝上的动作。

安何点点头，“谢谢。”

陈晓乐表达着恋恋不舍，“那么你要躲到哪里去呢？你应该是在被通缉中吧？”

我急忙替安何解围，“就不要问那么多了，他有他的办法。况且，他看起来并不太像个镜像人，还是很容易大隐于市的吧。”

说这句话时候，没有别的意思，但说完了觉得好像有言外之意。

毕竟镜像人在传说中都是高大健壮或者惊艳动人的，安何这种瘦弱憔悴状确实不会让人一眼就联想到镜像人。

安何稍微愣了一秒，他想再说一句什么，但最终还是放弃了，他微笑着点了下头，“那我先走了。”

这是我们和镜像人安先生的第一次见面，他离开的时候我们都没有阻拦和试图跟踪，一方面是鉴于镜像人应该还是有一定的攻击性；另一方面，我们都觉得，这座城市的人口已经不多了，大家还是会有交集的。

2

第一次见面时，安先生躺在巨大的玻璃舱中，昏迷不醒，一丝不挂。

第二次见面时，安先生一身黑衣地悬在墙壁上，双手握着绳子，嘴里叼着个黑色口袋。

我举着气枪站在他面前，我们同时看清了对方的脸，两个人同时愣了三秒。

幽暗的房间里，他的眼睛闪闪发亮，所有的紧张被压抑在他的镇定中。接着，我放下武器，准备叫他的名字。

但这个时候，身后有人大喊：“小明！趴下！”

我下意识地转头，感觉火热的子弹擦脸而过，有人对安何开枪。

子弹的速度是普通人难以避及的，但镜像人不同，他们眼睛和身体的反应速度都接近机器，而躲避的动作又是如此动物化。

我没有看清，安何是如何在墙壁上高速移动并避开连发子弹的，但眨眼工夫，他已经来到开枪的保安旁边，抬高手肘将对方击倒。

短暂的电光火石，随即一片静默，他站在那里望着我。

这个房间的楼下正在举行聚会——我的同事、老板和一堆圈内人士的小型聚会，无非是抽烟喝酒、跳舞聊天的无聊的热闹。

地点是在老板家，他的一家人在加紧移民外星，所有收藏品都集中在楼上的储物间。身着黑衣的安何深夜来此，目的很明确。

如果花费上亿投资的镜像基地知道他们培育出的优秀人种正在行窃，恐怕鼻子会被气歪。

我看了下表，夜里两点半。这个时间还不休息，镜像人果然精力充沛。

此时，外面安保的警笛大作，我把手里的气枪放在旁边，捡起安何刚才为躲避子弹而扔在地上的黑口袋，“你偷了什么？最近手头很紧吗？”

黑暗中，他没有回答，却似乎莫名地笑了下。

我举起口袋，“那么，还要拿走吗？”

他四处看了下，“这里是你朋友的家？”

我点点头。

他笑了笑，“那这次我给你面子，东西就留下了。”接着，他向前走了两步，“对了，你上次说，觉得我看起来不像个镜像人？”

不知道为什么在该逃跑的时候突然提起不相干的事情，我想了想，“确实，跟我想象的有些不同。如果我来设计基因，大概会把你设计得更高大点儿吧。”

安何像听到笑话一样笑出了声，他说：“哎，小明老师……我可以这么叫你吧？”

“可以，你直接叫小明也可以的。”

他说：“小明老师，你看，这里是三十层，门外和楼层里都是荷枪实弹的警卫。”

我说：“你想让我帮你离开？”

暗夜里，他的眼神闪烁，他微妙地笑着。下一秒，我眼前有身影闪动，速度快如光，随即我感到手里空了。

我急速转身，只看到镜像人安何以蜘蛛侠式的姿态飞跃出窗户，撞碎的玻璃四处飞溅。

我奔到窗口的时候，他的身影几乎消失在窗外的黑夜中。

窗台上，挂着他借力飞翔的绳索和从我手中拿走的黑色口袋，他卖了面子给我，偷窃的贵重物品悉数留下了。

不知道他在飞跃三十层楼的过程中是否有回头看我，虽然相隔遥远，但以镜像人的视力，应该可以欣赏到我惊愕的神情。

安先生果然是个镜像人，骨子里自带迅猛、坚定和力量。

虽然我只是个医药商，但却对这个带有强烈科技色彩的人种充满了兴趣，我趴在电脑前狂查资料时，在心里念叨着：“呵呵，你已成功引起了我的注意。”

通过各类手段，我查到或者说买到了安何的住址。这不是什么容易的事情，所以再次见到他，已经是两个月后的事情了。

他住在城南一个废弃的楼房里，里面都是无户口、无身份、无居住证的游民，人人衣衫褴褛，要么青龙白虎的刺青乱闪，要么就是眼神迷离、身体沉重、动作迟缓。

某天晚上，我坐在黑暗的客厅里等他，到了夜里十二点，才听到开门的声音。

安何径直地走了进来，把钥匙和外套甩在沙发上后，直奔里屋，我甚至听到他啪嗒一声躺在床上的声音。

我伸手擦亮了火柴，点亮了桌子上的蜡烛。果然两秒后，他就噔噔噔地走了出来。

我把他那天要偷的黑色口袋扔到他面前。

他原地没动，反应了一会儿，又看了看眼前的口袋，“干吗拿这个给我？”

我笑了下，“我跟我老板买了下来。他要移民外星了，反正也带不走，就买来送给你吧。”

“为什么送我？”他目不转睛地看着我。

“为什么？”我想了想，“你大半夜爬三十层楼去偷，我想你大概喜欢古董吧？"

他继续凝神屏息地看着我，半晌才笑了一声，说："那就多谢你了。"他没有客气，拿起口袋扔到一边的柜子里，"你不介意我卖掉它们吧？"

"当然，我本来也没觉得你是个会收藏古董的人。"

他表情和缓，似乎放松了一些，他坐到了我旁边，"你怎么找到这里的？"

我说："现在城市人口不那么集中了，我要是非要找到谁也不是什么难事。"

他一如既往地带着镇定的神情看着我。大概因为刚才进卧室准备睡觉，此时他上身赤裸，两个月前他身上所有严重的伤口此时已经完全不见了，可见镜像人的皮肤愈合能力极强。

我琢磨着他伤口的愈合周期，又进入了对镜像人的研究状态。

安何则咳嗽了一声，他说："南城治安不好，拿这么昂贵的东西出入不太好。"

"一回生二回熟嘛。"

他继续望着我，"我警告过你，不要和我再有来往，这样对大家都不好。"

我也望着他，"我知道，你是第三代镜像人，拥有超强大的基因组合，但在你们这一代中有一部分镜像人是趁乱逃出镜像基地的，正在被通缉……"

安何的脸色不算太好看，我就继续微笑着说：“不过大概几年前，镜像计划被叫停，你们的通缉令也被同时撤销……你算得上幸运，在某种程度上，你几乎可以像正常人一样度过余生。”

他说：“听你的口气似乎知道我不能像正常人一样度过余生？”

我说：“第一次见到你，你受的重伤可能随时致命。上一次我见识过你的身手，能把你伤成那样的……肯定不是一般人，能和镜像人打成平手的大概也只有你们的同类了。”我停顿了下，“所以虽然镜像计划被叫停，但基地的管理还存在，而你一辈子都摆脱不了他们。”

安何猛地站了起来，我看到他拳头紧握，胳膊上的肌肉瞬间绷紧，如果此时他给我一拳，大概下一个礼拜我都要躺在床上了。

我急忙投降，“别紧张，别紧张，我只是向你表达我很了解情况，并没有恶意。如果你愿意的话，我可以帮你。”

安何忽然被窗外的什么声音吸引了注意力，他四处看了下，“我知道你没有恶意……但如你所说，我这一辈子都不可能成为普通人，所以你最好不要来搅我这个烂摊子，好好做你的生意吧。漂亮的古董不要再拿到这种地方了。”

他看了下胳膊上类似腕表的东西，“你赶紧离开这里！”

大概周围有什么异动，我相信他动物化的听力和判断力，于是我站起来，“OK，我会在两分钟内离开这里，不过安何……镜像人的基因研制一直充满纰漏，在你离开基地之后，你的身体机能由于设计纰漏出现了某种问题，导致你现在消瘦的状态……相信你仍有其他的病症，而我的专业可以帮到你，只要你愿意……”

他显得有些急躁，急速打断我，“两分钟到了。”

我说：“安何……”

我觉得我的声音被淹没在一片枪声中，在我来不及做出下一步反应的时候，他如风一样地将我扑倒，一片子弹打在我们身边的桌子上、地上，发出了巨响。

我们俩一起滚到墙角，连滚带爬地在一片子弹中躲进了他的卧室。我们爬到床下，听着窗外某个方位不间断的疯狂的扫射声。

我们两个人都紧张而沉重地喘息，我的手指开始发抖。

枪声逐渐停止，四周陷入死一般的宁静。这个伤痕累累的城市对夜晚的械斗已经习以为常，为了安全，每个人的腰间、枕下都有刀枪，听见别人的枪声，大家无非关紧窗户，握紧武器继续酣睡。听到有人似乎对着我们的窗户大骂了一声：“干什么呢！”继而，又陷入了宁静。

安何对我说：“先别动。”

他迅速从床下爬出，我趴在原地看着他小心谨慎地沿墙边慢慢走了出去，大概默数了十秒，便听到外面客厅有了打斗的声音。

听起来激斗正酣。我说过，能和镜像人交手五秒以上的要不是成群结队的人，就一定是同类了。安何出去之前外面很安静，大概不会有很多人。想到这里，我慢慢地爬了出来，沿墙走了过去。

外面两个人正大打出手，地上是被打掉的各式武器。令我惊讶的是，跟安何打成一团的居然是个女人。

这是我想象中的镜像女性，黑色长发、性感的嘴唇，以及矫健柔美的身材，整个身体在黑色紧身衣的包裹下曲线尽显。镜像人貌似也蛮喜欢装的，大夜里依然戴着墨镜，只是在下一秒就被安何打掉了。

安何一记重拳打在她额上，她整个人向后趔趄。我不是不怜香惜玉，但是为了减少无效时间，我还是对她开枪了。

3

枪伤并不严重，我将女镜像人和安何都带到了我家——比较安全的地方。

安何把她锁住，然后一个人在旁边，揉着自己胳膊上的伤口。

女镜像人非常美丽，平时很难看到这种颜值的女生，细腻的皮肤和完美的五官，以及眼神流露出来的娇媚神情，让人很容易产生过电的感觉。不过此时此刻，我和安何都丝毫不为所动，大概是因为我们见识过她恐怖的战斗力了。

望着美丽的同类，安何眼神里充满冷酷，他说：“好久不见，席媛。”

原来每个镜像人都有名字，且都是如此文艺，这感觉很奇怪。

被叫作席媛的镜像人抬头看着他，“是啊，很多年了……你看起来过得并不好啊，安先生。”

安何说："为什么一直不肯放过我？为了抓我回去，已经死了好几组镜像兄弟了。"

席媛慢慢地面露凶光，音调似乎无法控制地尖锐起来，"说得是啊，每一组镜像兄弟都是被你所杀，或者因你而死，现在即便没有基地的命令，你也是所有镜像人的公敌。"

安何说："我不会杀害镜像人。每一个任务失败的镜像人，返回基地都会被处死。席媛，如果我放你回去，你也会死。"

席媛大声笑了起来，"你是基地培养的战争机器，安先生，你应该服从每一个命令。你擅自逃离基地已经是懦夫行为，早该被处死，不过基地要求将你活捉。"她摇了下头，"我不理解为什么，为你而死的人太多了。抓捕你的案子终于轮到我们组了，这次你跑不掉了。"

安何一直皱着眉，听到这句话后整个人仿佛战栗了一下，他欲言又止，神情忽然无比惶惑。半晌他问："你们组……现在还是关晓北来带吗？"

关晓北？镜像人居然有这么家常的名字吗？为什么大家的名字都不酷呢？我思考着这种无关紧要的问题，看着席媛妹子歪歪头，露出一个颇为可爱的笑容，"是啊，晓北一直在带第五分队，自你走后都没有变化……"

安何僵在原地，像是身体被冻僵，他固执地点了下头，"那么，今天是他派你来的？"

席媛说："何必明知故问呢？"

安何说："所以你们都放弃了出逃？"他默默地嘘了口气，"晓北当年答应我，会带着第五分队全体逃出来的。"

席媛做出一脸不可置信的表情，"你实在是站着说话不腰疼，你真的以为你出逃后，基地不会加强防范吗？他们会任由我们顺利出逃吗？你连累了所有人！安先生，你走以后，大家还都叫你安先生，不过现在知道你这个名号的人越来越少了。知道为什么吗？因为他们都死光了。"

安何板着肩膀，重重地吸了口气，又叹了口气。我看见他慢慢闭上眼睛，面无表情，但看上去有些痛苦。几秒后，他睁开眼睛，黑幽幽的瞳孔深不见底，闪烁着奇异的光。

他转过头对我说："麻烦你，借我点儿镇静剂，我需要她睡一会儿。"

我表示OK，去拿了药箱。

安何蹲在席媛面前，"并不是要为难你，席媛，你回基地会死。如果你一定要回去，我不会伤害你，我也不会拦你，但是明天早晨你醒来时会在一个自由的地方，你可以选择自己的前途。回基地，或者做个普通人，自由生活，都随你便。但无论如何，我希望我们不要再见面了。"

席媛像电影中的亡命徒一般，此时的台词毫无创意，她清晰地说："今天不杀我，你会后悔的，你早晚会死在我手上。"

安何有些悲悯地微笑起来，“这么多年了，你还是一点儿没变，就这么恨我吗？”

“你知道为什么。”席媛说，她的神色有那么一瞬间令人不寒而栗，“如果不是因为你，整个基地不会有出逃的计划；如果不是这个计划，我们那些兄弟姐妹也不至于死伤惨重……”

安何将针头推进她皮肤里的时候，似乎有点儿犹豫，但最终还是轻轻地说：“晓北呢？晓北还是决定留在基地了？”

席媛看着他的动作，笑容略显鬼魅，她也放低声音说：“是，晓北留在了基地，也参加了下一代的基因培育，他应该要做爸爸了。”

安何的手不受控制地抖动了下，有血从针头渗出，他没有察觉，整个人呆滞了。

席媛却好像放下了心，她注意到了他的震惊，随即满意地随着药力慢慢恍惚了起来。

我走过去，扶席媛躺到一边，帮她做了简单的止血。

安何则呆呆地坐在我旁边，看着我的动作，若有所思。

第一次见到安何时，我就觉得这个镜像人不简单，他不仅瘦弱憔悴不似战争机器，眼睛和神情也和一般受过严酷训练的镜像人不太一样。他有很多表情，即便用力压抑，还是情感丰富得好像经历尤多。

我想他一定有故事。

此时，他坐在我家的阳台上，面对这个遥远而黑暗的城市，神情恍惚而凝重。尽管拥有了强大的基因，但此时，他需要一个普通人类的帮助，我知道。

我坐到他身边，“嘿！”

他茫然而呆滞地看了我一眼，“Hi！”

我们俩望着黑暗的夜空，过了几秒，他问我：“她怎么样？”

“确实怀孕了。”我犹豫了一下，“我以为镜像人不具备孕育下一代的能力……”

他迅速闭了下眼睛，不易察觉地叹了口气。

“嗯，理论上我们这一代镜像人是不具备孕育下一代的能力的，”他说，“但是每一拨镜像人长到十几岁的时候，都会经历一些新的人体试验，配合基地的基因优化工程，自然孕育镜像人的下一代一直是课题的重点。你知道，如果镜像人能自己孕育下一代，基因的生成总比外界优化来得自然。”

“嗯，”我说，“听起来也合理。”

安何捧着咖啡，坐在夜风里，终于开口给我讲述起他的过往。

“我出生三十天后就到镜像人基地了，是我的父母选择将我送进去的。我出生那年，不少婴儿都参与了第三代镜像人的重启实验。”

“是，这个我知道。”我点点头。

“主动参与镜像计划的这一代父母多数是军人，毕竟第三代的规划方向是战争机器，所以我的战友多数是军人或者运动员的后代。

不过据说我的父母是个例外，教官不能透露他们的身份，但是他告诉我，我的父母是标准的读书人，他们或许是某个大学的教授，可能还会弹钢琴画画……我父亲姓安，我母亲姓何，我叫安何，我的战友喜欢叫我安先生。"

他说到这里忽然笑了下，仿佛有点儿得意，又有点儿自嘲，"其实我不懂钢琴画画，我比较懂炸药和打架……"

据说，每当有人问起他的名字，安何都会这样说："因为我爸姓安，我妈姓何，所以起了这个名字，不文艺，完全是图省事儿。"

安何的父母很早就去世了，不知是否是真的，反正他再也没有见过他的父母。他在镜像人基地里长大，今年25岁，已经不太记得父母的样子，也不太懂何为家庭温暖。而奇妙的是，安何的气质却像一个受过很好家教的富家少爷，大概这跟基因设定的气质有关，他的档案里写着诸如"策略师""精算师""聪明人""律师""明星"等匪夷所思的设定，表现出来确实令人如沐春风，优越感十足。

所以大家都叫他安先生，他负责给所有的镜像人出主意、讲道理、灌鸡汤和谈天说地。他这一型的镜像人还算少见，在基地里很受欢迎。不过他的发小关晓北却嫌弃这个称号，"你知不知道，北京有个地铁站就叫安和桥。"晓北有时候说安何应该去安和桥朝圣，他们约着去北京出任务时候，要去安和桥看看。

我说："那也不错。"

他嘘了口气，继续说：“镜像人的基地不仅是集训地，也是独立的社会。那里是群居世界，从出生到18岁这段时间，每十六个镜像人会被组成一个分队，每个分队都像是游戏里的部落一样，自成一体。十六个人各有所长、各司其职，拥有自己的队长或者说领袖。”

“所以你的职位是什么？”

安何看了看我，笑起来，“你以为他们为什么叫我安先生？”

“天啊，你不会这么土，是军师、参谋之类的吧？”

安何说：“不，我是拆弹专家。”他对我展示他的双手，“炸弹、地雷、子弹……我都可以破解。”

“什么意思？”

“这不重要。”安何说，“你将这理解为一种特异功能吧。”

“那时候，我们十六个人一起生活、一起长大，住在同一间宿舍，共用一间厕所，吃喝拉撒都在一起。我们在封闭环境里长大，所以关系比你们的亲兄弟姐妹还要亲近。我知道，你们大概当我们是怪胎，虽然不同于普通人，但我们到底还是人类，也有情感……

“镜像人的训练很残忍，很多时候，前一秒还在房间里一起接受射击训练的伙伴，下一秒在生存训练中就要遵从命令彼此残杀。我们十六人的分队被称为镜像第五分队，我们就是在这种淘汰赛式的生活中长大的，不过我们这个分队在生存训练中实力极强，一路过关斩将……”

“生存训练？”我重复了一下，“模拟的生存战斗游戏吗？”

他想了想，“可以这么说吧。每年都会进行这种生存训练，直升机把我们空投到各地的荒岛。一般是三支分队进行野外生存，在无救援、无补给的情况下一边活下去，一边……杀掉另外两队，赢得胜利的队伍可以回到基地。在你们的定义里，镜像人是为了保护地球和人类而被制造出来的战争机器，不过在我18岁之前，我没有杀过外星虫族，也没有维护过世界治安，我杀过的所有人都是我的镜像人兄弟姐妹。”

他讲得很平静，还很体贴地给我留出时间做惊讶的表情。

我并不想做出惊讶的表情，我感觉我的表情有些同情。

“18岁之后，第五分队要进行内部淘汰……”他继续说。

“内部淘汰？”

“简单来讲就是自相残杀。”安何说，“十六人分队要缩减到八人，最终留下的才是合格的成年镜像人。真的要进行内部淘汰时，我们的十六人分队已经情同手足。不，我想，那时候的他们比我的手足更重要，我们在封闭的基地长大，本来就只有彼此。”

他叹了口气，看着远处灰色的天，他似乎想到了遥远的时光。回忆切换让他有些断片儿，他恍惚了几秒。

我说：“哎！要不要再喝点儿东西？”

“咖啡吗？”他收敛精神，举了举杯子。

我想了想说：“听说镜像人身体里有鲸鱼的基因，你们不需要太多的睡眠。所以……我一直想知道你们喝了咖啡会怎样。”

他笑了起来，“大概会以五倍以上的速度消化咖啡吧。不知道，我其实没什么感觉……”

话是这么说，安何还是从阳台走了进来。我们回到房间，我翻出存在冰箱里的啤酒，连开六听，安何好像无比口渴，咕咚咕咚地喝个不停，直接干掉了四听。

我想，镜像人或许也想体验喝酒喝醉，或者喝咖啡喝到心悸的感觉，可惜，他们一辈子都不会有这种感觉。他们很少欢笑，也很难流泪。

“酒”过三巡，我和安何坐在桌边继续追忆往事。

“第五分队的领袖叫作关晓北，基因出众，是这一代镜像人里最为优秀的成品之一。”安何轻轻叹了口气，“他也是我最好的兄弟。”

“你刚才好像提到了他。”我说，“最好的兄弟？”

“是的。听说他跟我前后脚被送进基地，我们的婴儿床都是挨着的。”安何说，“如果你见到关晓北，大概会觉得他是那种标准的镜像人，更加符合你的想象。他父亲是拳击选手，母亲是军人，他的基因极度优秀，我们组队配合时，他往往是攻击性最强的，也是我最有力的搭档。”

“他现在留在镜像基地，而你逃了出来？”

“嗯，这件事情说来话长。当初十六人分队开始分解的时候，我跟他就在计划怎样才能保住我们所有人。关晓北有一种强烈的群体归属感，他觉得那是我们的部落、我们的家，他觉得他有义务保护所有人，他也愿意为此去挑战既定规则和权威。

“这中间的过程很不愉快。逃出来的这些年，我也看过很多书，我发现在所有故事里挑战陈规的过程都很惨烈……所以我想那都是必经之路。我们虽然几经反抗，但是在被迫进行的内部淘汰中还是失去了三个兄弟。兄弟的死让关晓北更坚定，他决定带领第五分队出逃。”

对镜像人，我和陈晓乐有着日积月累的浪漫想象，除了想象他们飞天遁地、保护地球外，也确实会想象他们行走江湖、兄弟情深。

“但是……”

“但是，最终关晓北没有跟你一起逃出来吗？”我问，“看起来，他现在已经接受基地的人体试验，还有女镜像人成功跟他孕育后代了。过去这么多年，他都在派第五分队追杀你？”

“这个……”安何似乎整理了下我的一堆问题，逐一回答，“关晓北并不支持镜像人孕育后代的项目，这也是我们出逃的原因之一。他和我一样，不希望镜像人成为单纯的工具。所以，其实我也不知道是为什么……”安何的表情非常迷惑，离开基地的这些年、与关晓北分开的这些年到底发生了什么呢？

我说：“你继续讲吧。”

“嗯。关于出逃计划，我和他筹备了很久，我们希望在执行某次任务时进行……能够一次性地将我们剩余的十三个人全部带出。不过，计划赶不上变化，也是在那段时间，我的身体突然出现了异样。”

他的脸色在照明灯下忽明忽暗，我听见他说：“我的基因排列有致命问题……”

“什么意思？”这是我非常感兴趣的问题。

“该怎么说呢？”他晃荡了下手里的啤酒，“在第三代镜像人中，只有我的基因发生了恶性变异，出现了免疫力下降、肌肉痉挛等情况……那时候不太明白怎么回事，但体重一直在平稳下降……”

我表示理解，“怪不得你的体格的确不像正常的镜像人。”

“不过我的反应力和各项指标并没有变化，而且顺利通过了各种体能、智力和军事测试，也就是说我完全符合镜像人的战斗标准，没有理由将我淘汰。”他说，简而言之，就是他的身手并不受身体的影响，“但是，基因变异也引起了基地的注意，所以很快，我就被关进了实验室，做研究样本。”

活人成为研究样本，那大概是世界上很痛苦的事情！这件事过去很多年了，但看起来这段经历依然令安何不寒而栗。

关晓北和第五分队的人大概有十个月没见到安何，也不知道他的去向。“我在实验室的器皿中生存了十个月……如果我知道我将过那种日子，我会提前结束生命，就算是镜像人，也不该像动物一样被对待。”他的脸色有些惨白，他看了我一眼，忽然努力地笑了下，“说起来，我们第一次见面的时候，你们也把我关在一个器皿里，不算很友好哦。”

我没想到他会忽然提到这个，就干笑了两声。“你也直接毁了我们的封闭舱，也不算很友好哦。”我顿了顿，“不过我不知道你经历过这些，抱歉啊。”

好像是第一次有人跟他说抱歉，安何觉得很惊讶，又有点儿开心的样子，他第一次心无旁骛地笑了起来，“跟你开玩笑的，干吗道歉？”

之后的事情，他简单地讲完。

其实不用讲，也能想象到，为了救他，关晓北提前实施了计划，让他逃离了基地。

逃离的过程异常惨烈，有三个兄弟为了救他被误杀，关晓北也没能跟随他逃出来。

“从我逃出基地到现在，我和晓北有七八年没见了。我们是在一个山崖前分开的，他准备的降落伞只剩下一个，掩护我们的人中有三个人已经被击毙，他说让我先走，很快就会带着第五分队来找我。”安何说，“关晓北一向说到做到，但是转眼过去七八年了……”他叹了口气，“这几年，我偶尔也会想过放弃，想跟着抓我的人回去，但是我总相信关晓北的话，他说过要带着第五分队重新开始，有尊严地开始，有尊严地保护城市和地球，我一直都相信他。在这世界上，再没有谁能让我这样相信了。”

后来基地里到底发生了什么，安何不知道。

这半年，他忙着四处逃亡，忙着想办法联系到基地，这让他的生存举步维艰，一方面要留下线索让关晓北找到他，一方面又要因为这些线索而去躲避随之而来的通缉。

这些令这个镜像人无比憔悴，多年后的旧事重提，也令他近乎崩溃。

后半夜，我跟他都决定休息一下。

我赠送他几颗安眠药，帮他入眠。

他忽然笑着说："其实我是逃离了基地才知道，所有镜像人的体内都有鲸鱼的基因，每天只需要三个小时的睡眠。原来你们每天都需要睡满八个小时啊！"他嘘了口气，"也挺好，这样人生也不会显得那么漫长了。"

4

这一觉睡到了快中午。

我被奇怪的铃声唤醒，一开始我以为又是陈晓乐，但声音来自席媛——她手腕上戴着的腕表，和安何手上的一样。

既然是镜像人专有的，想必不是闹钟那么简单了，我把它取了下来，表盘不大，但呈现的目录单却异常复杂。

"是镜像基地的呼叫……"在我研究如何应对这个声音时，席媛在我旁边开口了，吓得我一哆嗦。

席媛有着标准的杀手和军人结合的眼睛，对视时目不转睛，带着极强的杀气。

她指指我手上的腕表，“要不要接起来……他们应该到附近了。”

像手机一样，腕表响动一阵便恢复安静了。

无论如何，安何应该尽快离开了。

于是，我站起来，“席媛，我昨天给你做了身体检查，你完成了镜像人的孕育计划，所以，恭喜你。”

她稍微愣了愣，没有说话。

“虽说你们身份不同，不过为了保护自己，不要再从事危险活动了……就算是为了孩子着想。”我停了停，“我会帮助安何离开。如果你的同事能够找到你，那拜托他们照顾你。希望以后我们都不会再见了。”

她的表情产生了些微变化，稍显凝重。

我转身到房间简单收拾了下东西，拿上了信用卡。我想这次就当我做善事了，我会带安何离开这座城市。

大概十分钟后，我拿着东西出来，安何却坐在席媛身边，握着她的腕表。

他看我已经收拾好了东西，很快领会我的意思，但是他对我说：“我们得带她走。”

我不能理解镜像人的思维，不过几分钟后，我们三个人还是坐在了车上，高速向城外行驶。

这座城市有一条漫漫无边的高速公路，已经修成多年，顺着开仿佛可以开到世界尽头。

“你带着她很危险。”

“那我也得带她走。”安何把车开上公路，“她是第一个有了小孩儿的镜像人，我不能让她回到基地。”

“那是你们镜像基地的生孕计划，他们不会伤害她的；另一方面，她是忠于基地的镜像人，她并不会感谢你带她走的。”

“无论她是否感激，我都不能让她回去。”阳光刺眼，安何找了副墨镜戴上，让人看不清他的眼睛，“她以后会明白的，不能再出现第四代、第五代镜像人了。”

我很想问他，有没有问过他的好兄弟关晓北的意见，毕竟这看起来是关晓北的事情，不过话到嘴边还是默默咽了回去。在后视镜里，我看到席媛复杂的眼神和嘴角习惯性的一丝冷笑。

不知道是不是因为怀孕的缘故，席媛整个人看起来没什么精神，她一直躺在后座休息，脸色发青。颠簸多时，甚至有些昏厥。

车行到傍晚，我们才停车给她检查治疗。

安何一直站在一边，神色平静。

到了夜里，我们把车停靠在出城的山路边休息，我们没找到太合适的住所。

席媛再次陷入了睡眠，我和安何站在夜空下聊天。

我拿着席媛的腕表，对安何说："镜像人的通信工具做得相当精细……为什么不关掉它，不怕基地测定你们的位置吗？"

他没说话，神色疲倦，在月色下，脸部线条显得十分柔和。

他翻开腕表的背部，是席媛的编号和ID card条形码。拉开ID card，里面居然有一张小小的照片，两个大大的人头，其中一个是席媛，另外一个是个男人——看起来风格粗犷，短发浓眉，线条硬朗。他们两个人并肩而站，均面带微笑，上身都是同款T-shirt，看起来有一点点情侣的味道。

用膝盖想也能知道这个是谁，我能感觉出身边的安何暗暗叹了口气，回头看他，他挺了挺僵直的背，表情凝重。

我说："这是关晓北？"

安何说："嗯。"

"所以他们不只是孕育实验的搭档，还是真正的男女朋友？"

安何考虑了下，"这个该怎么界定呢，在基地里那么多年，真的不懂什么是男女朋友，我们彼此都是兄弟，都是搭档。"

好官方的回答。我说："这种关系在普通人中就是男女朋友。"

安何说："好吧，如果真的能像普通人一样在一起，那我祝福他们。"

我觉得腕表里的照片有些可爱，"看不出镜像人很浪漫嘛。"

他说："也没什么，就如同你们会在钱包里放照片一样。"

我指了指他的腕表，"那……可以看看你的吗？"

他稍做犹豫，有些自嘲地苦笑了一下，便将他的摘下来递给我。

照片更加的陈旧和不清晰，是几个人勾肩搭背、站在操场上的全身照，勉强可以认出那里面有安何，看得出那时的他们大概十来岁。安何留着短发，穿迷彩服，样子很稚嫩，比现在显得健康，站在最中间的、明显起范儿的高个子，我想是关晓北，他的右手边站着席媛。

"说实话，关晓北——你这个兄弟跟我想象的不太一样，我以为他会很英俊，但他看起来其实有一点儿……"我努力找个形容词，"他体内被注射熊的基因没？"

像听到最好笑的笑话似的，安何笑起来，"他会恨你的，小明老师。"

他笑得很开心，五官都张开了，像个小小少年。

就在我们互开玩笑的当口，有车靠近。夜晚的公路非常安静，所以还没有看到车，就已经听见了高速行驶的车辆的马达声。

安何用手臂将我挡到身后，他掏出枪向那个渐渐驶近的车影瞄准。五秒后，我逐渐看清楚有个人骑着一辆黑色摩托，毫无减速意图地向我们冲过来。

镜像人的枪法不容置疑，但接下来发生的事，我无法以肉眼所见来形容。总之听到了枪声和高速行驶的摩托车爆胎的声音，我看到那辆摩托车向空中飞起，下一秒，人车已经分离。

摩托车滚到老远以外，而那个戴头盔的黑衣驾驶者却安然无恙地站在我们面前。

他用了什么手段和方法，我不知道，但他的身手令我确定，他是一个镜像人。

当然，安何也明白这点，因而依然举枪瞄向对方，并没有开枪。

对方站在离他五米的地方，因戴头盔，只有一双眼睛在暗夜里发光。

两个人均立定没有动作，镇定地互相打量。

猛然间，我看见安何专注、冷静的眼睛里闪过一丝光芒，继而很难形容的各种表情爬满他的脸，仓皇、恍惚。他习惯性地皱紧眉头，慢慢放下了枪。

他说："我知道你会跟来的。"

在头盔下，对方好像笑了一下，然后摘下头盔。

少年时的关晓北要比他现在柔和许多，现在这个站在我们面前的关晓北，有一张十分冷酷的脸，和一双明亮却漠无表情的眼睛。

他站在那里，从打扮到神色，凶悍得令人压迫感顿生。

这和安何叙述里的人大有区别。或许过去那么多年了，人或者镜像人都必须学着面目全非，但安何却像终于得偿所愿般地舒缓了下来。

他向前走了一步，“晓北！”

我在旁边忍不住咳嗽了一声，关晓北的目光突然向我投来，看得我周身一寒。

关晓北忽然一抬手，将手中的头盔猛地向我甩来。

镜像人的臂力惊人，小小头盔的飞行速度难以目测，想必力量惊人，正常人的反应根本无法躲避。在我有所反应之前，安何已经飞速来到我身边，他用手臂挡住了头盔。

安静的夜里，头盔与胳膊的碰撞非常响亮，可见对方用了很大的力气，接下来便是一声痛苦的呻吟，安何捧着胳膊跪在地上。

我蹲下来，检查他的胳膊，右臂已经断了。

我拿过他手上的枪，对准向我们走近的关晓北，我知道那是无济于事的，于是手心和额角都开始冒汗。

安何的反应有些迟钝，不可置信和疼痛令他看起来十分狼狈。

关晓北依然没有说话，他看了我一眼，完全没有把一个正常人的危险性放在眼里。他做了个小小的动作，我手中的枪便不知所踪。

在他抬手向我攻击的时候，安何抱着断掉的胳膊反击。

镜像人的对阵依然让人眼花缭乱，这次安何明显落了下风，他被打中无数次，满嘴都是血，他被狠狠踹飞到汽车上，撞碎了前面的玻璃。

也许是受了伤，也许是他不像关晓北一样能下狠手，如果继续下去，即便是自愈能力极强的镜像人都会被活活打死。

关晓北的打斗姿势非常简练，拳拳到肉，没什么太多的技巧。他确实像我想象中的镜像人，高大、强壮、满眼残酷，战争机器的气质浓重，打斗中毫不留情，要置对方于死地。相比而言，被感情背叛的绝望已经令安先生崩溃。

无论如何，我决定伸手帮忙，但此时，我感觉后背被一柄冰凉的枪筒顶住。我听见席媛的声音："别动。"

她依然是无声无息。我回脸看她，她已经打开手铐和脚链，面带阴暗的笑容。

她说："你刚才救了我，所以我现在还你这个人情，不要动，否则你也会死。"

她的手放在我的肩膀上，像一把钳子一样。

这个时候，关晓北已经将安何按在车上。关晓北很微妙地笑了一下，微妙得有点儿残忍，他说："0573809！你被捕了。"

在两个人近距离对视的瞬间，安何因流血而显得有些扭曲的脸闪过恐惧的表情，他沙哑着嗓音说："你不是关晓北。"

对方愣了一下，似乎没想到他会这么说。下一秒，安何一脚将他踹开，左勾拳打翻他，同时抓住他的手腕，一扭间拉开了他的袖子。

对方挣脱后，安何站在车边喘着粗气，"你的编号是第四代镜像人……你是关晓北的复制品！"他退后一步，鲜血淋淋地靠在车上。虽然伤势严重，但他的表情已经完全放松下来，甚至微笑了一下，"我记得你，你还是个小孩儿的时候，和我们一起受训过……"

这是关晓北的复制品，第四代镜像人。

第四代镜像人居然都是第三代的基因复制品，看来基地为了做镜像人延续计划，真是煞费苦心。

复制品由惊愕转回镇定，他擦了下被打出的鼻血，微微笑，“我以为你到死也认不出我是谁呢！”他说着话的同时，又开始了下一轮的进攻。

大概是排除了心理上的痛苦和压力，安何的身手再次变得灵动起来。比他高大的第四代镜像人虽然更加年轻和强势，但格斗经验是远不如第三代镜像人的。

经过令人目眩的恶斗，复制的“关晓北”最终被打翻在地上，一脸的鲜血。他努力撑着自己，半晌没起来。

安何走上前，拎起他的一条腿，冷笑着说：“你们虽然基因类似，不过你的身手要比关晓北差远了。”他的手腕缓慢地转动，我听见骨头咯吱咯吱断掉的声音。

年轻的镜像人发出痛苦的哀号，他冲我们这边喊：“席媛！”

安何转过头看了看席媛和我，再看了看复制的第四代，忽然有所领悟。

他说：“我忘记你还在这里。这就是你的腕表唤来的帮手？要个第四代帮忙，你真是丢第三代的脸。”

席媛把枪筒从我后背拿开，但手依然放在我肩膀上，她说："我们当然是要带第四代出道的……况且他已经是我的搭档了。"她抓了抓我的肩膀，"确实，每一个第三代都叫你安先生，而不会叫你的编号，是我的疏忽，没有提前告诉他。不过我也跟你说过，现在基地知道安先生的人太少了，他刚才不应该和你说话就是了。"

席媛觉得有些讽刺地笑了，她说："安先生很敏锐，我们今天也不要再僵持了。如果现在想让你的朋友小明老师活命，我希望你放过我们的第四代。"

安何皱了下眉，忽然有所顿悟，他说："你肚子里的孩子是这个人的？"

我肩膀上的手微微抖动了下，我知道安何的猜测是对的。

安何说："现在的基地是丧心病狂了吗？居然让两代镜像人做孕育搭档……真是可笑……再说……"

席媛望着他，神情变得异常冷漠，她打断了他，"那是因为所有第三代男镜像人都已经死亡了。"

她说得十分清晰，但这对安何来说无异于晴天霹雳，他脸上轻松的笑容在一瞬间消失掉，整个人如收缩一样地颓废下来。

席媛拉起我走向他，"今天你本应该死在我们手里的。当初你逃离基地，造成了严重的后果，第三代第五分队的所有人都受到了严惩，有些兄弟死了，有些成了残疾。为了你，第五分队付出了惨痛的代价。晓北再也没有机会带他们出逃，之后，第五分队的人都被派往地球上的各种危险地区执行任务……”

她有些激动，第一次看到席媛冷酷的表情里有了一丝裂缝，她无比愤怒，又好像无比委屈，在哭和不能哭之间徘徊。

她低下头，推了下我的肩膀，“我和小明老师萍水相逢，我不想杀他。另外，你不应该杀掉你的后辈第四代，他在基因上也算是关晓北的弟弟。所以，我们现在互换，我会带着我的搭档、也是我孩子的父亲离开，这算公道吧。”

安何慢慢地将第四代的腿放下，整个人似乎没了气息。

席媛走过去，扶起了她的搭档。

我们都没有动，只看着两个人踉跄地走了几步，安何忽然开口：“我想知道……”

席媛似乎知道他要问什么，便转过身。

她从第四代腰间取出一个腕表，“三年前在非洲的任务，派出了大部分男性镜像人，但是他们均染上了当地的瘟疫，基本没有生还……关晓北是那个支队的队长，牺牲前将腕表交回了基地……”她晃了晃手上的腕表，“如果对你还有意义，那就送给你。”

腕表画出一个抛物线，落在安何颤抖的手上。

席媛望着他惨白的脸，轻轻地说：“虽然和我想象的结局不同，但我做梦都想欣赏到你知道这个消息时的表情……”她美丽的脸终于慢慢地缓和了，“从今往后，你都将生不如死……”

她温柔地说完这句话，转身离开了。

空旷的夜空下我们两个人面面相觑，方才激烈战斗的声音似乎还在耳边嗡嗡作响。

我站在安何对面，可以感受到他的呼吸，急促而压抑。

我走到他身边，他缓慢地抬头看我，努力挤出一个一闪即逝的笑容，比哭还难看，勉强而凄苦。

我轻轻触碰着他的肩膀，以示安慰。

他断掉的右臂无力地垂着，他试图用左手打开腕表，但不太容易做到，我便伸手帮他打开。里面是关晓北的ID card，我如他所愿地翻开，看到了里面的照片。

我把腕表放在他手上。

不一会儿，颤抖的鲜血便爬满了那张模糊而久远的合影。

我已经知道了他们的故事和青春。

照片上，是由这些第三代镜像人组成的第五分队，十六人都是青春无敌，笑得天真快乐。

他用拇指轻轻滑过相片上一个又一个的表情，像是抚摸岁月。作为一个镜像人，安先生有生以来第一次泪流满面。

他翻过照片，看到了写在背面的一行小字，那对他们而言，或许像是刻在课桌或者操场墙边的青春誓言：

镜像人第三代·第五分队

CHAPTER 4

最冷一天

公元2110年

1. 倒数第10天

零下45摄氏度了，这里并非东北或者莫斯科，这里是一度四季分明、繁花似锦的北京。冰冷让它越发如一块海中的老礁石，无依无靠，摇摇欲坠。

“虫族战争”爆发的第二年，一切都没有好转的迹象。

“这里是北京，安和桥的地下基地，我是第二战队的陈科。

“现在地球的人口锐减……不明生物和虫族的攻击不仅在毁灭人类，还在改变这里的生态环境……

“根据核查，北京的人口在急剧减少，地面上可供人类活动的空间也在缩减，第二战队和部分民众一直困守在地下，我们能派到地面的士兵越来越少了……弹药吃紧中。我们希望能用其他手段制造出新的武器……并且……”

陈科向镜像军人总部汇报着北京的情况，表情冷酷，好像一切与他无关。

他身后是弥漫的硝烟和驻扎在胡同里的军人们，他们大多神色木然，脆弱又悲伤，和陈科从头到脚坚毅的气质有所不同。

陈科是个镜像人，也就是传说中研制了七十多年的“人造人”物种，一半人类，一半人工。就算久经虫族大战的洗礼，陈科依然平静如常。“平静如常”大概是镜像人的设定和宿命吧。

地球接近灭亡，现在驻守在地球各大城市的正规军多由镜像人组成。但是，陈科所在的第二战队却不是正规的镜像军，它是个民间组织，是杂牌雇佣军，里面多是普通人类，出钱出力的是一群“富二代”和学生。也因此，第二战队的命名方式和正规镜像军不同，他们被称作H编制的第二战队。H是human的简称，现在大多数人类都已经死亡或者移民，他们算得上唯一一支留守地球的人类军队，而陈科则是这支人类军队中唯一的镜像人。

其他的镜像人分布在全球各地的军队中，理论上来讲，陈科也应该在镜像人总部。他是个出生在21世纪80年代的镜像人，前半生在镜像人基地度过，之后因为各种原因离开基地。本想一辈子隐姓埋名地生活下去，却赶上了地球灾难，成了战时英雄。

战时从不缺英雄，但存活下来的寥寥无几。

另一边，在镜像人总部会议中，这些基因强于普通人的镜像人成了地球最后的希望。此时此刻，他们聚在一起研究各地的守城情况。

苏晨也在场，正扒拉着碗里所剩无几的小米粥。轮到北京的战况介绍时，她抬起了头，看着视频里的陈科。

苏晨和陈科是同一代镜像人，他们已经失散多年，要感谢这场惨绝人寰的战争，让流散的镜像人重逢。

苏晨是个女镜像战士，就任于镜像人第四代的第七分队，此时在上海驻扎。她刚刚经历了一场战斗，有些耳鸣，几乎听不清四周的声音，她觉得视频中陈科的样子和声音都有些失真。她跟他已经四五年没见过了。

坐在身边的同伴忽然对她说："没想到陈科还活着，而且居然还能带兵。"

珍贵的第四代。

第四代镜像人的确珍贵，从婴儿时期起，苏晨就知道这一代的独一无二。可惜再独一无二也被谎言与战事破坏了，她受的打击够多了。地球人移民外星的活动引来了不明虫族的进攻，地球温度急剧下降，镜像人被命令全面投入战斗，保护人类。

这场战争酝酿了许久，终于在2108年爆发。到现在两年过去了，疲于奔命的镜像人早已没有耐心去寻找自己生存的意义，他们只需要和末日死磕，保护仅有的人类。

镜像计划绵延近百年，一共产出了四代，陈科和苏晨是第四代，也是出产过程最为诡异的一代。简单地说，他们是第三代的复制品，只不过功能和能力略有加强，除此之外，大多数基因组合都是继承第三代的。

当然，镜像人的能力并不同于电影中的X战警，他们不能喷火、喷水、变形，或者飞翔，他们只是在体能、反应力、爆发力以及新陈代谢等方面优于常人。

第四代投入战斗很快，死伤也很快，到战争爆发的今天，已经所剩无几。

镜像人陈科从小就非常狂野，苏晨总会产生他能“手撕鬼子”的错觉。事实上，陈科只是把刀枪、匕首用得出神入化，他敏捷如风，骨气如刀，迫人追随。

而苏晨则被认为是标准的细致型人才，她有着不错的体能、超越同伴的记忆力和领导力；她读过很多书，看过很多电影，有些有用，有些没用，但这都令她在镜像人基地里显得很有文化。

他们两个都活得比其他第四代长久，这意味着他们比其他同类经历更多。

苏晨坐在营地的休息室，对面是摄像机。战时的政府医学院依然在坚持不懈地研究着镜像人，似乎能从这些战士的表现中得到启发，从而研制出更为强大的镜像人，去抵御外星生物的入侵。苏晨早就厌倦了。

她和陈科分别多年了，但她还清楚地记得他们相遇的那天。

2. 相识的第1天

“饿了没，要不要一起吃这只烤小鸟啊？”

这是陈科和苏晨相识的开始，那时他们16岁。

一次十对十的野外生存训练，第三代与第四代混合作战，要淘汰十四个镜像人，选拔出最优的六位。

像小型的“饥饿游戏”一般，镜像人的集训营每三个月就要进行一次淘汰性训练，当然，教官们并不把这种活动叫作训练，他们叫它“体检”。

在仿真的荒野丛林中，镜像人各自为营，在完成电脑设置的任务的同时，还要防止被他人虐杀。在他们所受的教育中，相信别人，并非技能。

苏晨当时已经无力还手，她肩膀上鲜血淋漓，左腿血涌如泉，嘴角红肿，她有点儿头晕。听到陈科的话后，她下意识地往后靠了下，靠在了一棵树旁，同时，把子弹“咔嗒”一声上了膛。

陈科身上也是鲜血淋漓，脸上却毫无惧色和防备，他甚至扔掉了手上的匕首，像是扔掉了负担。

他们呼呼地对喘着，苏晨一脸警戒，而陈科却满面释然，像是笃定了苏晨不会开枪和发起攻击一样，一步步地走近她。

苏晨把枪对准陈科，发出了镜像人最后的恐吓，“你再往前走一步我就开枪了！”

陈科高举起双手，表示没有攻击性，“原来你是个女生，你叫苏晨？”

镜像人的基地里很少区分男女，男女都要接受残酷的训练和淘汰，所以，这是第一次有人提起苏晨女性镜像人的身份。此时，她肩膀上的血还在流，之前一阵阵的眩晕已经变得越发严重了。她的编号和姓名都挂在胸前，陈科已经近到可以看到这些，而她却看不清陈科胸前的名字。

“你不用紧张，我已经没有武器了，而你失血太多了。”陈科说，“现在这片山头只有我们俩幸存，但以我们现在的状态，不组队的话恐怕都撑不到天明。”

他说着这些话，脚步逐渐挪动着。苏晨举着枪的手一直在抖动，就在她快要坚持不住的时候，陈科扣住了她的手。

陈科的手很温暖，在冰冷的训练基地里，这样的温暖实属难得。那一瞬间，苏晨好像放松了下来。

陈科说：“你流了好多血……”

苏晨失去了意识，倒下的时候，她居然感觉到对方接住了自己沉甸甸垂下的头。

我死定了，苏晨当时想，但温暖无法拒绝。

醒过来的时候，周身一片温存。像武侠小说里讲的一样，她躺在一个奇怪的山洞角落，身上的伤口都被很好地包扎过，虽然还在渗血，但比起刚才那种生命力在流逝的感觉，简直是灵魂归位。

陈科坐在旁边的火堆旁。没错，他支起了一个不大的篝火架子，还在上面烤着一只小得不能再小的小鸟。

其实，第四代镜像人是独立生存的，他们彼此之间很少交流。因为第三代的族群意识太强，所以军方对第四代的训练方式进行了调整，不让他们过早地组队和搭档，而是借由残酷的战斗，激发他们个人的战斗力。即便在基地里，大家也各自为营，吃饭时保持审慎的距离；每个人都有单独的宿舍，睡觉时会集体锁门。

而这样的时刻——躺在一个战友身边，居然没被他杀死，实属意外。

苏晨安静地摸了摸腰上的枪，不见了；她转动眼睛寻找自己的武器包，也不见了，身无武器实在毫无安全感。我小腿上的枪不知道有没有被收缴——她这样想着，以尽量小的幅度动了下手臂，伸向僵直的小腿。

“在找这个吗？”陈科的眼睛依然看着小鸟——就算是他那么冷酷的人，看烤小鸟的眼神都有些殷切。他头都没回地递给苏晨那把备用枪，“你小腿上有伤，所以你的枪我刚才拿掉了，如果觉得不安全就拿着吧。”

苏晨迟疑地看着他的后脑勺和那把枪，大概只迟疑了一秒，就一把拿了过来。

“我叫陈科。饿了没，要不要一起吃这只烤小鸟啊？”陈科转过头对她说，咧嘴笑了。

3. 相识的第100天

第四代镜像人是没有强烈的性别意识的。

苏晨和陈科在16岁相识，自动自觉地成了搭档，他们不是在谈恋爱，只是彼此扶持，互相配合。

陈科是个个性强烈的镜像人，天生完美的体能和肌肉、优化的基因令他强悍过人，就算荒废训练，就算天天抽数包烟，他依然能保持顶尖的状态，不知是否因为如此，陈科的性格格外自我。他和第三代的关晓北一样，很快成了第四代的领袖，为这一代的镜像人做着各种决定。

他天生是个领军人物，苏晨从不质疑陈科的决定。

他们是第四代中最出色的镜像人。

苏晨的反应力和灵敏度是第四代中的翘楚，她一直相信陈科是因为在和她的对战中看中了她的素质，才选择和她组队的。

但在他们成为搭档后不久，陈科无意中说了实话，“那天……你身上都是致命性武器，完全可以发起强有力的攻击，但你依然是以自保为主，我想你大概是……”

陈科说到这里稍微停了会儿，像是打了个哆嗦，“我想你大概是个特别……”

“特别会防守的人吧。”苏晨看他还在犹豫，马上接口，“切，就知道你这种狂轰滥炸、见人就砍的家伙想找我做掩护。”

“这是一方面。”陈科成功地吊起了苏晨的胃口，“另一方面我觉得你大概是个特别……”

“特别什么啊，快点儿说！”

“特别……容易心软的人。”说到这儿，陈科的声音骤然放轻，虽然这不合时宜。当时他们刚刚结束了长途奔袭的全武装训练，中气十足是一个合格战士的表现，但他的声音却近乎温柔，这足够引起苏晨的注意。

可能是接近午夜的缘故，风骤然变大，拉枯摧朽地刮了起来，他们不该停下来，但苏晨还是忍不住放慢了脚步。他们停在一个山崖处，苏晨背着各种行军装备、弹药，头上顶着摇摇欲坠的帽子，呆呆地看着陈科。

她压过风声喊了一句：“你什么意思？”

“没什么，聊聊第一印象嘛。”陈科拍了一下她的头，“走吧！”他搂住她的脖子，让她往自己怀里靠了靠。

苏晨的第一反应是挣扎，第二反应却是——他怀里还挺暖和，不愧是第四代最狂热、野性的汉子。怀着“我的搭档我自豪”的心情，苏晨居然顺从地往他怀里靠了靠。

他们以合二为一的姿态在风雪中努力向前，要在凌晨赶到山顶，才算完成这次集训任务。认识陈科已经一百天了，这样严苛的、接近死亡的任务似乎算不了什么，他的怀抱好像另一个世界，苏晨满足地想。

“哎，陈科，那你知不知道我对你的第一印象？”

“知道。”陈科说。

“什么你就知道啊？”苏晨不爽地喊了一声。

“你觉得我长得很帅，所以答应跟我搭档了。”陈科淡定地说。

“要点儿脸行吗？”苏晨笑起来。她马上紧了下军用口罩，因为有风雪扑进她嘴里了。她把脸向陈科的胸膛靠了靠，几乎要钻进对方的军衣里。作为一个镜像人军人，她其实并非娇弱，她只是下意识或者故意这样做的。

变种人有强大的基因，也有更为强烈的荷尔蒙，未经军方引导，他们根本不知道自己正在逐步步入所谓的青春期、成年期，他们只知道靠近彼此能感受到温暖和悸动，靠近彼此能感受到别有洞天。

风雪骤大，苏晨闭紧嘴，靠着陈科，也紧紧握着他的手，两个人一步一步地从风雪的旋涡中坚持走到了山顶。他们取得了这次训练的胜利，第一个完成了任务。

苏晨和陈科很少来到自然界训练，他们靠在一起，看着初升的阳光演变成稀薄的橘红，染红了宝石一样的天空。

他握着她的手，像终于做了一个了不起的决定。

“陈科，你知不知道，我第一次见到你的时候，我就在想……”

“嗯？”

“在想……我要跟你一起来到世界尽头的山上，看与世隔绝的日出。”苏晨说。

陈科呆滞了几秒，握着苏晨的手仿佛紧了下，继而大笑了起来，“你第一次见到我就想这么远了吗？”

苏晨侧过头看他，两个人皮肤相接，唯一温暖的空气从他们的口腔与鼻腔中呼出，摩挲着彼此的鼻子和脸，“开玩笑的，我就是忽然想这么说。我总觉得这么说了……会发生什么不得了的事情。”

北风如刀，晨阳如雪，辽无际涯的山峰上，陈科做了世界上最温暖的事情——他吻了苏晨，这是情之所至。

人生残酷，至今犹闻吻之香甜。

4. 相识的第6年

“哎，我亲爱的老陈，你知道今天是什么日子吗？”

陈科打了个哈欠，他正处理着肩膀上的纱布和伤口。

“你知道吗？”苏晨在他身后追问了一句。

“不知道。”

那天是苏晨的生日，毋庸置疑，22岁的生日。

第四代是完全的复制品——提取第三代的基因复制而成，所以他们的出生日期并不准确。当然，作为容易早衰的第四代镜像人，苏晨这种年纪已经算是“中年”，大概是因为认识了陈科，她体验到了少女的感觉，到了22岁依然童真无限，喜欢问“你知道今天是什么日子吗”这类问题。作为一个军方培育的镜像人，她能二十多年如一日地保持天真烂漫实属不易，这和她的外貌相得益彰。

陈科看了她一眼，故意说：“什么日子？”

苏晨马上踩了他的脚一下，“装蒜！”

陈科牵扯嘴角笑了笑，“真不记得了。”

“陈科你太没良心了，亏我千辛万苦地从基地外面给你带回好东西。”

“啲，你过生日，干吗要带东西给我啊？”陈科已经绑好了绷带，他咬断纱布系好，望着苏晨说。

苏晨喜悦地笑了起来，“因为你好久没有出基地了嘛，我知道你好久没有吃蛋糕、饼干、米线、羊肉串了。”

“我没你那么吃货，谢谢。”

“有本事你别吃啊。”苏晨打开自己的书包，把东西一样一样地拿了出来。

“那不好，你特意送到我宿舍来给我吃，我不赏脸不是对不住你嘛。”陈科笑着坐到她旁边。

“这也是我的宿舍呀！”苏晨笑眯眯地说。

战时物资匮乏，他们又是严格受控的军人，执行任务能带回来的各种美食无非是这个时代流行的压缩食品，可苏晨却心满意足。

外星生物入侵，陈科在一场大战中意外受伤，理论上，镜像人的自愈能力极强，可这次伤在他攻击力强劲的右臂上，伤口迟迟未愈，已经引起军方医学科的注意。最近半年他都未能归队，苏晨自己带队深觉艰难，能对着一堆压缩食品和陈科一起大快朵颐，已经是她近期最开心的事了。

“这些是行进到附近村镇时，我从小卖部买的，简直是虎口夺食啊，你知道我带回来我有多不容易嘛！”苏晨一边吃，一边往陈科嘴里塞。

陈科其实没什么胃口，对她的狂轰滥炸简直应接不暇。今天是苏晨的生日，而且她居然赶在这个时候结束任务回到基地，这本是件好事，但今天陈科身体的剧痛达到了承受极限，他近期的各种体检结果也并不乐观。

“好吃吗？”

“嗯，不错。”

“嘻嘻。”

陈科看着苏晨吃得鼓鼓囊囊的脸，伸手摸了下她的脸颊，动作突然而暧昧，苏晨噎了下。

“你脸上受伤了？”

“哦……只是擦伤。”

陈科笑了一下，“你居然还会受伤，我一直以为我们镜像人是不会真的受伤的。”

苏晨觉得他有言外之意，镜像人怎么可能不会受伤，只不过痊愈的速度非常快。但是陈科自从去年受了重伤，迟迟未能痊愈，各项指标无法达标，他好像进入了基因的错乱和早衰，被排除在了一线部队之外。

镜像人不是不会受伤，镜像人只是应该一直会痊愈才对。

苏晨明白此时陈科的心情，她只好装作什么都不知道地说：“那必须呀，出门在外，免不了偶尔失误啊。”苏晨没把脸挪开，而是又凑过去了一点儿，以便陈科的手能一直摩挲着她。她还在嚼着东西，这让两个人此时的姿势显得更有趣。

不过今天陈科兴致不高，过了会儿就把手拿开了，“现在战事怎么样了？”

“哦……其实还是老样子，搞不清入侵生物的种类，只能负隅顽抗。第三代的前辈死伤惨重，北京这种大城市的人类多数已经移民了。”

“嗯。”

“唉，那……你在基地伤养得怎么样？有没有通过体检？”

“明天会有第三轮体检。”陈科说。他没有看苏晨都能觉察到对方的脸色略微变了变。

耐人寻味的沉默——第三轮体检意味着什么，陈科和苏晨都心知肚明。

他们是在镜像基地长大的，是基地使用复制基因制造的复制镜像人，这种残酷淘汰是必经之路。

镜像计划实施了近百年，只不过在这不到百年的时间里，每一代镜像人的制造都会被叫停，但每一代都顽强地在地球上留下了自己的故事。第三代为抵御外星生物的入侵而制造，但他们中的大多数都死在了各式各样的内部任务中。

备受质疑的镜像计划，终于在虫族战争爆发后，成了人类拯救地球的寄托。第四代镜像人迅速投入大战，好像这个优化人类基因的工程到今天才派上了用场。

第四代镜像人接近镜像人复制品，从出生开始就在战斗，因而经常受伤，但由于他们的生命力强于常人，死亡率并不高。军方秉承优胜劣汰的原则，凡受伤的镜像人都将经历三轮体检，有战斗能力的将被保留，战斗能力丧失到30%以下的就会被送往秘密基地进行治疗。

陈科自受伤后，也面临这样的选择。过往的他无坚不摧，此次居然要接受第三轮体检，他和苏晨之前的预期似乎过于乐观。

此时，苏晨扔开了手上的食物，一把抓住了陈科的右手，动作有点儿重，陈科觉得剧痛一下子传递到整个身体，但他动都没动。

“不就是右手臂受伤吗？为什么会到第三轮体检？”苏晨恨不得把他刚刚绑好的绷带再撕开，“当初说是小伤，再说你的自愈能力一直都很强。”

“没事，”陈科说，他主动拿起一根奇怪的压缩羊肉串，吃了起来，“第三轮体检我能通过的。”

“但是第三轮体检的通过率只有2%。”

“那大概就是我了吧。”陈科说。

苏晨沉默了十秒，一动不动地看着陈科，直到陈科狐疑地看过来，她才笑了起来。她是个没有太多女人味的女镜像人，但在陈科面前，却有一种笑起来就能让气氛天真烂漫的天赋。

“我也觉得是。”苏晨自顾自地点头，她又抓起一块不知是什么的压缩食品往嘴里塞。

“高兴什么？仗打得那么辛苦。”

“仗打得那么辛苦，我还能活着回来，还能跟你一起吃香喝辣、过生日，我当然开心呀。陈科，我有三个月没见你了，没有什么比现在更让我开心了。”

苏晨是个嘴甜的家伙，她专门负责奉献甜言蜜语，陈科有时故作嫌弃。陈科以为正常生活的人类都嘴角含蜜，但在他想办法逃出了这座可怕的镜像实验基地后，再也找不到一个人能像苏晨一样让他体会到“甜蜜”的百转千回与酸涩了。

“要是我们能一起出去打仗，永远在一起就好了，就算死在一起都好。”苏晨又咬了一口饼干。

陈科望着她，没有说话。苏晨也忽然停止了咀嚼，她勉强的笑容像盐溶于水一般地消逝。

陈科凑过去吻了她。

这是他们搭档的第六年。自从陈科受伤后，苏晨总在外执行任务，陈科在基地养伤到近乎绝望，可是这个夜晚，被压缩食品围绕的夜晚，仿佛一切都像未衰的阳光。

苏晨生日的夜晚过得很快，也很长。她困得要命，脖子软掉一样，一头倒在陈科的旁边，但脑子仍亢奋得嗡嗡作响，不知是焦虑还是兴奋，她只是单纯地进入了浅眠状态。

或许是姿势不太舒适，陈科挪动了她一下，让她整个人靠在自己的怀里。

“哎，睡了？”

“没有。”

“累了吗？”

“嗯。”

“要不要起来吹个蜡烛啊？”陈科说。

“蜡烛？”苏晨说，她迟钝了一会儿，随即嘟囔了一句，“是哟，今天还是我的生日呢。”

她说这话时还是迷迷糊糊的，忽然听到“啪嗒”一声，她睁开眼睛，看到陈科在她面前点亮了一个打火机。

那是个很旧很旧的老式打火机，上面还刻着他们未曾出生的年份，可能是和平的工业时代的古董吧，不知道陈科从哪里淘来的。

他们被严密监控在这座秘密基地里很多年，走出去的机会很少，能带回来的东西也很少，她愣愣地看着那一抹好像烛光一般的光芒，如看黄金万两。

“许个愿吧。”

“破打火机就假装蜡烛啊？”

“这个打火机可是古董，我特意托人带回来给你的。”陈科说。

“我又不抽烟。”

“但是你总用得上啊。”陈科靠近她的耳朵轻轻地说，像是随着呼出的热气说出了什么了不起的情话。

面红耳赤的触感很是奇妙，苏晨又听到陈科说：“生日快乐！许个愿吧！”

苏晨望着点点火光，她想，许愿是多么愚蠢的事情，陈科这样的镜像人居然相信。她不知自己是不是笑了下，呼出的气扑灭了火光。

宿舍陷入了一片久长的黑暗，苏晨安静地趴在陈科的胸前，听他的心跳，镜像人的心跳要强于也快于正常人。

过了不知多久，她才说出了她的愿望。

“哎……如果第三轮体检没有通过的话……”她像是被突然掐住脖子一样停在那里，直到陈科看向她。

苏晨如经历了艰难的抉择一般，最后她说：“我想你逃走，远远地逃走。”

5. 相识的第2500天

“再不走就要被销毁了。”

和陈科认识的第2500天，陈科被确认为残次镜像人。他的右臂因被外星生物击中而发生了变异，镜像基地本想砍掉他的胳膊，但第四代的自愈能力又让他右臂有所恢复，于是在是否治疗、是否淘汰的讨论中，他在基地经过了几次残酷的体检。

今天，陈科在第三次体检中被鉴定为残次品，将被送去残次医学基地。

“还是逃走吧。”苏晨说，“他们会对残次品进行人体实验，你不能受那种痛苦。”

“你呢？”陈科说，“跟我一起走吧。我们到离基地一千公里远的出租屋，可以摆脱掉追踪。”

“嗯……”

“既然第三代可以成功逃离基地，第四代也可以的。”陈科说。

“你知道我不能跟你走，至少现在不能。”苏晨撑起了她从基地库房里偷出的飞行降落伞，“等你安全了，等战争结束了，我就去找你。”

陈科看着她，“为了留在基地，你要跟我分开？”

“我没法离开这场战争啊。”苏晨说，“你应该明白，如果你没有受伤，你也不会走的。”

有一分胜算就守到最后一分钟，有一线生机就要坚持到最后一秒钟。第四代镜像战士成长到他们这个年纪，内心已经在反对自己的身份了，但他们战斗的本能总能战胜自我，驱使他们留在战场上。

陈科懂她的意思。

另一方面，苏晨也不希望影响陈科的逃亡之旅，两个人的逃亡风险更大，她绝对不希望耽误对方的时间。

他们站在基地另一面的悬崖边，苏晨准备了武器、弹药、降落伞以及很多零食给陈科，他们千辛万苦地逃出来，却要在这里分别。

“快走吧，我不看你！”苏晨转过身，背对着陈科。

狂风猎猎，如刀光剑影，陈科还有大概三十秒的时间可以逃离。从这个悬崖跳下去，借助降落伞的力量可以抵达最近的城镇，苏晨提前用假名预定了出租屋，躲避多日后，陈科就可以远走高飞了。

二十秒后，苏晨感觉有人从背后紧紧地抱住了自己。他的怀抱还是那么温暖，是这个世界上唯一可以信赖和取暖的所在。

十秒，这个温暖的家伙从自己的世界里消失了。

陈科一走多年，没有音讯，没有联系苏晨，或者也无法联系到苏晨。因为他的逃逸，军方对第四代镜像人的监控再次变得严格。

直到战争到了几近毁灭全球的程度，他才又有了音讯。他加入了民间雇佣军——一支由人类组成的战队。抵抗外星虫族的大军几乎全部由镜像人组成，但也有一两个热血的人类民间组织出现。苏晨听说了他，一个混迹在人类雇佣军中的逃逸镜像人、具有超强能力的战士。

他和她一样，都是无法走下战场的战士。

6. 倒数第9天

战斗进入尾声，地球接近失守。

人类放弃了这个星球，多数已经移民，留守的镜像人的数量也在逐日递减，大家以迎接末日的态度一战再战。

那天，他们迎来了一次突然而至的攻击，营地的军人纷纷中招，苏晨也感觉有些力不从心，她甚至有点儿恍惚起来，手稍微错位就会遭到对方攻击，她感觉到腿部和腰部都中了类似流弹的东西，但她努力撑住身体不后退。

她燃起漫天的烟火，掩护逃亡的流民。城市变得烟雾弥漫，仿佛一摊灰色的脏水，有种古战场的错觉。

人类和地球也许早该灭亡了，开战的这些年，城市在逐渐破败，气候变得极度寒冷，动物灭亡，植物死绝，连一棵树、一朵花都找不到了。

她想起很多年前，和陈科在寒冷的训练基地，曾经历过无数次耐寒训练，但不知是错觉与否，她总觉得那都不算寒冷，他们可以拥抱彼此，她可以躲进他的大衣里，她可以纵容自己瞬间的脆弱和走神。只要可以取暖，就不算寒冷。

后来，她亲自送陈科离开，她想着等到战争结束就去找他，可是现在地球都要毁灭了，她却未能见到他。

有一股风从她身边闪过，随即眼前的攻击被截断。是陈科，他用一种独特的武器阻断了虫族的攻击，他狂野的力量是惊人的。

在和陈科失散多年后，他们在战火中重逢了。

她知道这几天他大概会赶到营地，因为镜像人减少，基地已经召集民间雇佣军加入镜像人战队，陈科应该会带着他的第二军至此会合。

“在犹豫什么？”陈科说。

“我……”

“差不多是最后一战了，”陈科说，“所以，你还在犹豫什么呢？”

他说完这话后才转过身。虫族的攻击被阻断，战场上有了几分钟的清明，流民们忙着转移到地下，而陈科和苏晨则在洪荒天地间对视。

他们觉得此情此景有些悲壮，又有些熟悉，看到灰头土脸的彼此，还有些恍惚。

“我没有犹豫，”苏晨说，“我等这一刻已经很久了。”

和你一起，并肩作战。

7. 倒数第8天

苏晨躺在陈科的床上瑟瑟发抖，她是个不速之客，在他们重逢后的第二天晚上敲响了陈科的门。

她跟陈科多年没见，昨天并肩作战后，她想着应该和老搭档、老朋友，以及人类定义中前男友——这样一个身份有点儿复杂的人说点儿什么。可结束那场恶仗，他们两个人各归各队，陈科跟她说了句加油，就走开了。

在自己的营地里辗转反侧了半天后，苏晨跑到了陈科的房前，敲开了门，在对方略显诧异的目光里，异常主动地侧身钻进了房间。人类第二军是个独特的存在，是由“富二代”投资组建的，即使是来北京驻军，其装备也显得比镜像军精良得多。陈科住在全封闭的军用单间中，里面不算温暖，但比起外界的温度，简直是天堂。

苏晨钻进了房间，才意识到自己的唐突。她哆哆嗦嗦地站在原地，不知是用寒冷掩盖紧张，还是用紧张中和寒冷，总之她打了好几个冷战，然后呆呆地看着陈科。

停了几秒，苏晨努力笑了下，“好冷……”说完这句话，她的内心像被什么突然击中，眼神也百转千回起来。她不知自己是否表现出了类似委屈、柔弱的情绪，但可以确定的是陈科走了过来。

他抱住了苏晨，苏晨也迅速地回抱住了他，他们紧密地贴合在一起。

苏晨把脸深深地埋进他厚厚的军装里，仍能听到他的心跳。她把脸埋得更深了一点儿，就算哭了也不会被人看到了。

过了好一会儿，陈科叹了口气说：“苏晨，我感觉你把鼻涕都擦在我衣服上了。”

苏晨笑出了声，她推开他，抹着脸，扭开了头。

十分钟后，她爬进陈科的被窝里发呆和发抖，陈科拿着一个茶壶坐到了她身边。昨天那场战斗伴着大风大雪，他们被打得浑身湿透，身体内的汗水未经蒸发，就被冷冻起来，就算是具有优秀体能的镜像人也有许多没扛住。

“几年没见，你怎么变得这么会养生？”苏晨眼睁睁地看着陈科给她倒了一杯类似红参枸杞茶的东西，“哦，不对，几年不见，你怎么变得这么土豪？”

“呵！”陈科递过去，“欣慰吗？”

“欣慰。”苏晨点点头，“我一直担心你过得不好，我一直想等战争结束后去找你。”

说什么战争结束！苏晨是第四代镜像人，第四代的宿命是死在战场上，陈科会不懂这个道理吗？他只是笑了笑说：“那现在不是很好？战争还没结束，我们就又见到了。”

“你的伤口还疼吗？”

“偶尔疼。”

“但我看你已经又可以作战了。”

“嗯，不过时间不能持续太长。”陈科举起右臂给她看，“我每天晚上都会做复健，来加强这个部分的基因自愈。”

“所以说，比以前好多了？”

“嗯，好多了。”陈科看着她，又补充了一句，“总会好的。”

苏晨笑了笑，她把冰凉的手放在陈科受伤的手上，对方也迅速地握住了她的手。

“你知道吗，在基地这些年，我听说，我们这一代镜像人注射的血清中可能有虫族的基因，”苏晨说，“所以有些第四代可以与虫族交流。”

“是吗？”陈科冷笑了半秒，“其实都到这种时候了，研究这些都没用了，地球的生态环境已经被改变，已经不适宜人类生存了。”

“呵呵，那我们一起去火星吧。”

“你知道火星在哪里吗？”

“在……在……反正应该在太阳系吧。”苏晨思考了一会儿说。

“没文化真可怕啊，苏晨。”

“你最有文化了，陈科。”苏晨说，“你不要忘了，当初在基地集训，所有的笔试，你都是抄我的。”

“没有吧，也有一两道是我自己答的吧。”

“比较有限。”苏晨一脸嫌弃。

“那怎样？今天睡在我的床上是要翻旧账吗？”

“谁要睡你床上，我一会儿就走，我……”苏晨作势要掀开被子下来，但又悻悻地坐了回去，“不过你这里真的很暖。”

“错觉，”陈科说，“地下基地的温度都是一样的。”

“哦……”苏晨低了下头，抓了抓被子。

“不过两个人在一起可能会觉得暖和些吧。”说着这话的陈科忽然掀开被子，坐到了床上。

苏晨的身体僵了半晌，因为两个人的腿碰到了一起，军装布料窸窸窣窣地摩擦着，陈科说得对，两个人在一起真的会有温暖的错觉。

沉默了大概十秒，陈科说：“我们有四五年没见了吧？”

“嗯……大概。”

“那这四五年你有没有和其他镜像兄弟发展一下？”

“发展什么？”苏晨说，“哎，陈科，你到底在想些什么？现在大难临头、大敌当前，你居然问我这种问题。既然说到这里，我也要问你，你混迹于普通人中，有没有试着去交往普通女孩子？”

陈科讪笑了一下，像是思考该如何回答这个可笑的问题，最后他说：“没有。”

“为什么？”苏晨说。

陈科没有回答，他像是叹了口气。这些年他过得并不容易，一直在流浪，一直在学着重新做人。在基地那些年，总想着逃离，总想着做一个真正的人类，但实实在在地走过了很多地方后，他却总想着回去。

人生像一场回环叙事电影，就算是镜像人的人生也不例外。

就在苏晨以为他不会回答的时候，陈科忽然说：“因为，多数时候，还是想着你吧。”

苏晨马上低下头喝了一口养生的“红参枸杞茶”，她琢磨了好一会儿，忽然转过头亲了陈科的脸颊一下，“想我这样吗？”

“差不多。”

苏晨亲了他的嘴角一下，“这样呢？”

“更接近。”

苏晨把茶杯放到了一边，严肃认真地凑到了陈科面前。

在如今这个世界上，还有比对方的皮肤更适于取暖的地方吗？直到此时此刻，苏晨的瑟瑟发抖才终被化解。

苏晨在陈科房间里住了八天，她找回了自己的体温。地球温度已经降至零下80摄氏度，再也不适宜人类生存了。

仅剩的反抗军人和流民都集中在地下基地里，这里靠能源维持着温度，不知还能坚持多久。

第二军打算带着仅有的地球生命转移，无论是使用潜艇潜入海底，还是飞离地球，都不能再停留了。

“平民撤离，需要一批军人护送，还需要一批军人留下掩护。”镜像基地这样安排，“上次商议的结果是，镜像军留下对抗虫族，而陈科将带领人类的第二军护送最后一批平民离开。”

临行前的晚上，苏晨并没有溜去陈科的房间。

8. 最冷一天

他们选择在最冷一天撤离地面。苏晨所在的镜像正规军负责吸引和抵抗外星虫族的进攻，以便平民平安撤离。

再一次和陈科分道扬镳了，苏晨想。短暂的重逢后，他们又走上不同的路，但是她无法控制自己不想他，尤其在这最冷的日子里。

入夜后，虫族依然在营地和地下基地四周逡巡，这里的人所剩无几，人类成功躲避了虫族的攻击，只有少数军人留在营地，他们陆续死去了。

苏晨踏着皑皑白雪，穿过低温和攻击点，悄悄躲进了地下基地，这里黑得伸手不见五指，这大概将是她最后的地方了吧。她往前走了几步，听到一声轻微的咳嗽声，她迅速地摸身上的火弹，已经用完了。于是她叹了口气，拿出了多年前陈科送她的古董打火机，她一直舍不得用，现在仍然可以打开。

微弱的火光中，她看到陈科坐在黑暗的角落里。

“陈科？”

“嗯。”

“你……你没有跟着人类第二军撤离吗？”

“嗯。”

苏晨目瞪口呆地看着他，看了一会儿，才问：“那……你是在等我吗？”

“嗯。”

为什么呀？陈科明明是人类第二军的主力之一，完全可以跟着人类一起撤离，留守是镜像人的宿命。她在微弱的火光里，看着陈科，还问什么为什么呢？还浪费这个时间干吗呢？

她忽然笑了起来，又好像有点儿想流泪，他们过了那么久流血不流泪的日子，现在也该放纵一下了。她迅速地明白过来，也喜悦起来，她扑过去，坐到了陈科身边。陈科如多年前一样熟练地张开手臂搂住她，苏晨靠在他的怀里，把打火机举到陈科眼前。

“陈科，暖不暖？”

“什么暖不暖？”

“我的最后一点儿火光，特别给你带来的温暖。”

“这是我送你的打火机，谢谢。”

“但是这么多年我都舍不得多用，所以它才能留到现在让我们取暖。”

火光照在他们脸上，苏晨还如十几岁时候一样满脸天真。她忽然亲了陈科的脸一下，口腔的热气还能让他们找到一点儿人类的体感，陈科也回吻了她。

指针仿佛走到了最后一刻，他们一起回忆了很多很久以前的傻事。

苏晨最喜欢压缩米线，但每次泡米线的时候都会赶上紧急集合，最后米线都泡烂了。

陈科不能容忍自己床上的东西超过三件，停车、停飞机、停坦克，都要停在线框的最中间。

离开陈科的那几年，苏晨生过一场大病，在基地养病长达一年，“我研究了很多关于植物的书籍，想看看到底什么植物可以在严寒中生长。”

“结果呢？”

“结果没用啊，二百五十种花都要求温暖的生存环境。我那时候就想，大概地球真的会灭亡吧。”苏晨依然举着将熄未熄的打火机说，“可是我记得那二百五十种花的样子，如果有机会，我就把它们都找出来。”

“找出来干吗？”

“不干吗！”苏晨想了想说，“找出来送给你吧，你知道吗，人类都喜欢送花给自己喜欢的人。”

“人类真无聊。”

“你才无聊，陈科。”

“呵。”

“快要没油了。”

“那就吹灭它，许个愿吧。”陈科说。

“我不许愿了。”

“怎么了？不想要那二百五十种花了？”

“不想要了，我最重要的愿望现在已经实现了。”

苏晨轻轻地吹灭了最后一点儿火光，把头靠在陈科的怀里，周遭的一切都遁入了黑暗，眼不视物，手却紧紧握在了一起，他的手心还是这世界上最温暖的地方。

这是2110年的最后一天，也是这世界上最冷的一天，在这一天前，人类制造了很多镜像人来抵御这一天。

而真正到了这一天，地球上却只剩下这些镜像人，他们守到了最后一刻。

但他们不害怕，他们终于又有了彼此。

附：镜像计划时间轴

启动阶段

2020年：地球污染严重，生存环境糟糕，生育率下降，人类的健康状况每况愈下，平均寿命也在逐年递减。人类开始寻找生存下去的方法，有些人建议寻找新的宇宙移民地，有的人建议改变环境，还有一批人提出了要优化人类本身……

2025年：一个以优化人类本身为目的的基因工程诞生，它被命名为“镜像计划”。

第一代镜像人：优化人

2030年：第一批镜像人诞生。这一批镜像人是科学家们优化基因制造的，被称为镜像计划的第一阶段——优化。第一代镜像人也被称为优化人。

第一代镜像人的特点：完美、优秀，从胚胎中就具有智商和样貌上的优越感，具有碾压其他社会阶层的能力；缺陷是容易早衰。

2055年：镜像计划之优化工程停止。

第二代镜像人：改造人

2056年：镜像计划之第二阶段——改造工程开始，科学家们不再追求智商、样貌和个性上的完美，而是选择使用改造技术。第二代镜像人被称为改造人。

第二代镜像人的特点：简单、直接、服从、专注，无过多自我意识，一生只能做一件事，并贯彻始终，无沟通能力和人性。

2065年：镜像计划之改造工程宣布停止。

镜像过渡阶段

2070年：镜像计划已经进行了四十五年，工程师和科学家几经迭代，各式各样的镜像人诞生在这个世界上，出生又死去。千疮百孔的地球人开始寻找外星移民的方式，希望能从其他星球找到适合居住的环境。

2071年：大面积的星际旅行和扩张反倒引发了外星生物的关注，地球遭受了外星虫族的攻击，预计会爆发一场末世之战。

第三代镜像人：战斗人

2071年：为了抵御外星生物的攻击，镜像计划再次重启。镜像计划制造出的第三批镜像人，是一群专门保护地球的战斗人。

第三代镜像人的特点：聪敏、强大、优秀、团结，有超越普通人的体能和智商，专为执行任务和保护地球而生。

第四代镜像人：战斗机器

2080年：第四代镜像人完全来自于第三代的复制基因。由于第三代的出逃和难以管理，第四代镜像人生而各自为战。

2102—2103年：不少成年的第四代有了反抗意识，因为各种原因，出现了出逃现象。

2108年：虫族之战正式爆发。

2110年：地球迎来最冷一天。